新潮文庫

世界はゴ冗談

筒井康隆著

新潮社版

11448

目次

世界はゴ冗談

ペニスに命中

食卓の上の置時計がわしを拝んだ。時計とは柔らかいものだが、人を拝む時計というのは面白い。珈琲《コーヒー》カップを床に叩《たた》きつけて割ってくれと頼んでいるのでわしはそうした。わしがどんどん大きくなるのは宇宙が収縮しているからなのだという、さっきまでの考えを続けようとしていると台所から女が出てきて言う。「どうしたの」わしが黙って痴愚神とか阿呆《あほう》船とか、そのようなことを考え続けていると女は珈琲カップの破片に気がついたようだ。「あらまあ、いやねえ」

女が台所へ戻ったので、かわりの珈琲を淹《い》れてくれるのだろうと思っていたら、なんと箒《ほうき》と塵取《ちりとり》を持ってきたのでわしは激怒した。怒ったからといって怒鳴ったり張り飛ばしたり殴り殺したり射精したりはしない。わしは静かに立ちあがった。女は眼を見開いて今度は何をするのかという顔をした。

「惚《ぼ》け老人だから何をするかわからぬという怯《おび》えた顔をしとるが、わしはお前らの言う認知症などではないぞ。わしは謂《い》わばパラフレーズ症なのだ。別名互換病」

それからしばらく後のことだと思うが、わしは自分の寝室にいた。最近は時おり時間が飛んで短く記憶を失う。これは恐らく論理の飛躍を意味しておるのだろう。思索を発展させるためには好ましい現象だ。

「憲治が五時ごろ取りに来る筈《はず》だから」と、さっきの女が言っておる。「必ず渡してね。さっき銀行が持ってきた二百万円ここにあるから。今日渡しとかないと憲治がすごく困るのよ」

「なんで銀行から直接振込ませなかったんだよう」間延びした男の声だ。あんなに間延びした男なんて、この家に居たっけ。

「何言ってるの。銀行から振込んだりしたら出どこ調べられるじゃないの」

「わかったわかった。その銀行の封筒だな」

「そうよ。あなた今日は一日、在宅で仕事なのね。家にいるわね」

「ああ。いるよ」

女が家を出ていったようであり、だからわしもそろそろ出かけなくてはなと思う。今日は大学での講演がある。修辞的濃密性を教えるのだが、やはり図像学的な解釈で説明してやるべきなのだろうな。パジャマのままで外へ出るとまた徘徊《はいかい》老人と思われて家に連れ戻されるから、わしは洋服簞笥《だんす》から出した背広をきちんと着込んだ。その前にワイシャツを着てネクタイを締めるのも常識だし、ネクタイを強く締め過ぎると窒息して死ぬというのもこれまた常識だ。つまりは認識論的実在論や真理の照応理論が世迷《よま》い言《ごと》であるのと同様の常識であると言えるだろう。学生はみな莫迦《ばか》だが、莫迦だからこそ学生はよきものなのである。

昼下がりの秋田県という気分でリビングに戻るとテーブルには銀行の封筒が置かれていた。言うまでもないことだが二百万円の札束というものは盗まれるために存在する。盗む者はわししかいないので、これを持って行こうという解釈学的了解のもとにポケットへおさめ、玄関に出る。奥の書斎ではピッピッとパソコンが鳴り続け、行ってらっしゃいませとわしに言っておる。なあにただ単にわしの行く先を捕捉《ほそく》するためネットを張り巡らせておるだけなのだ。

住宅街的な住宅街の道路に出ると、またしても少し時間が飛んだらしく、わしは見覚えがあるようなないような公園を歩いていた。講演に行こうとして公園にいるというアナロジイ的飛躍。おお。モンタージュ技法が身についてきたらしいぞ。陽光が雨あられと降りそそぎ風が吹きつけては遁辞《とんじ》とともに去っていく。彼方《かなた》の道路、公園の入口あたりに交番と思える建物が見えたのでわしは近づいていった。いずれ殺されることになるとも知らず若い命知らずの警官が机に向かっている。

わしは彼の前に立ち、「馬車物語」で石中先生をやった時の徳川夢声の声色を使って言った。「ああ。少しものを訊《たず》ねるが」

「はい。何でしょう」警官はわしの声と姿で非常に驚き、立ちあがった。

「もうすぐ講演をしなければならないんだが場所がわからなくなった」

「あっ。そりゃ大変ですね」

「大変なのだ。何しろ欲動のエネルギーにおける反復の自動性という世界で初めての公開講義なのだよ。確かこの近くだと思うが、ブリヂストン大学の講堂はどこかね」

「えっ。そんな大学あったかなあ。ちょっとお待ちください先生」警官はとりあえず壁に貼《は》った地図をざっと眺めまわしてから、奥の部屋にいるらしい同僚に声をかけながら席を離れた。「おうい。ブリヂストン大学というのは、この辺には」

あっ馬鹿《ばか》め。なんという馬鹿だ。最高裁判所クラスの馬鹿ではないか。机の上に拳《けん》銃《じゅう》をケースごと置いたままだ。言うまでもないことだが拳銃というものは盗まれるために存在する。わしはケースから拳銃だけを抜き取り銃身をベルトに差し込んでそのまま午後二時前後の、人生って不思議なものですねなどと絶唱しているような気ちがいじみた道路に出た。

おおおおおだがしかしそこは嵐《あらし》吹き荒れる廃墟《はいきょ》の如《ごと》き社会。浮世という名の荒波が恐ろしやの怒濤《どとう》となって屑《くず》のような人間たちを呑《の》み込んでゆき、果てしなき荒涼たる沙漠《さばく》が阿呆の善人と希代の悪漢とを問わず生身の身体《からだ》を海馬回といわず虫様突起といわずすべて干涸《ひから》びさせてしまう地獄の現代日本だ。しかしわしは平然として道路交通法に従い歩き続けて陽が傾いて歩き疲れてカフェテラス、道路に面したテーブルでわしはまず拳銃を解体した。どうも昔わしは刑事であったのか自衛隊員であったのか、はたまたそれよりずっと前に陸軍中尉ででもあったのか、拳銃の分解組立ては眼を閉じていてもできるのである。よくできたモデルガンですね、とでも言いたげにボーイが微笑しながら横に立ち、わしのオーダーを待っていた。

わしは言った。「カフェラッテ・シャクラット。それに予備の銃弾。リボルバーの二十二口径だが」

「カフェラッテ・シャクラット。かしこまりました。銃弾はございません」

弾倉の銃弾を数え、六発あれば六人殺せるからまあよかろうと思い、拳銃を組立ててからわしは銀行の封筒を出して次は札束の勘定にとりかかった。百万円を数えてから百一万円めにうまく繋《つな》がらず、つい二百万円、三百万円と数えてしまうので時間がかかったが、大丈夫きっかり二百万円を確認した。周囲にいる客たちが凸面レンズのような眼でわしを見ている。すぐ近くの男が携帯電話をかけていてうるさいので、わしは水の入ったコップを地面に叩きつけてやった。ケータイの男はわしが睨《にら》みつけているにもかかわらず一瞬不審そうにこちらを見ただけで相変わらず、まだ予算だの政府関係者だの前の経済企画庁の長官だのあいつらは何も知らないからなどと喋《しゃべ》り続けている。今度はカフェラッテ・シャクラットの入ったグラスを思いきり敷石に投げつけてやった。もしそれでもまだケータイをかけ続けているようだったらテーブルと椅《い》子《す》を叩き壊してやるつもりだったのだが、男はさすがに怯えた表情を見せてケータイを折り畳んだ。ボーイがやってきたのでわしはテーブルに一万円札を一枚置き、このような経済社会空間はいったん解体すべきであるが、とにかくその釣りはチップだなどと言い置いてからカフェテラスを離れた。「その通りでございます」とボーイがわしの背中へ丁重に言葉を返す。

しばらく前からわしが札束を勘定する姿を道路に立って観察し続けていたらしい四人の若者が隣のビルの庇下《ひさしした》にさっと身を隠した。この金を狙《ねら》っておるなとわしは思い、あいつらのためになんとかわしを襲いやすくしてやることはできないものかと考えた末、大通りから外れて狭い商店街に入り、そこからさらに、からだを横にしなければ入れないというほどではないものの、飲み屋街の細い路地へ折れた。その路地からはさすがにそれ以上の狭い路地は見つからなかった。さいわい飲食店はまだどこも開店前であり鼠《ねずみ》以外に人通りはない。

「おい爺《じい》さん」
おいでなすったな、わしは殺人の快感を期待しながらにやりとして振り向いた。正面にいる若者が醜く成長したジャイアン、その背後に立つ三人は若き日のアレック・ギネスとマジックペンで目鼻を描いた卒塔婆《そとば》と壊れかけた信楽焼《しがらき》の狸《たぬき》だ。
「何笑ってやがる。金を出せ」親分株らしいジャイアンが言う。
「フランスの前衛詩人でシュルレアリストのゲラシム・ルカがこんな詩を書いている」わしは朗唱した。
オー　キミが好き　ボクは
キミが好き　キミが好き　キ
キミが好き　好き　好き　キミが好き
パッションでイッパ　好き　ボクは
キミが好き　パッションイッパイで
キミが好き
パッションでイッパイで　シッパイで
「何言うとるんだこの爺さんは」「惚けてるのか」「ヤクでいかれとるのかもな」
若者たちが顔を見あわせて笑いはじめたので、わしは大声で怒鳴った。「黙って聞かんか。これが欲しいんだろ」

ポケットから銀行の封筒を出して振ってみせると若者たちは笑わなくなり、沙漠でコカコーラを見つけたかのような恋い焦《こ》がれる目つきになった。

「さて、このゲラシム・ルカのところへ自分の作品を読んでほしいとやってきた若者に、彼は拳銃を取り出して言った。読んでもいいが、お前が本当の『作家』でなければ撃ち殺すとな」わしはベルトから拳銃を引っこ抜いた。「結局その若者は詩が下手だったから射殺された。ところでお前たち、なんでもいいから詩を朗読してみろ。さっきの詩のような素晴らしい詩をな。詩でなくても。和歌でも俳句でも川柳でも都々《どど》逸《いつ》でもいいぞ。わしを感動させたらこの金をやる。下手だったらお前たちの命はない」

「あはははは。こんなもん、モデルガンに決ってるじゃん」ジャイアンがわしの手から拳銃をひったくろうとした。

わしは発砲した。反動で銃口が跳ね上がって近くの雑居ビルの窓ガラスが割れた。衝撃を予期していなかったのでわしはよろめき、二、三歩後退し、さらに四、五歩あたりを歩きまわって体勢を立て直した。こんなに反動が強かったかなわしも老いぼれたなと思いながら周囲を見まわすと、若者たちは逃げ去っていて、ただひとり壊れかけた信楽焼の狸だけが路地の片隅、ビルの階段前のバケツにつまずいて倒れていた。わしは彼の傍に行き、その顳顬《こめかみ》に銃口を食い込ませて訊ねた。「小便の臭《にお》いの立ち籠《こ》めるこんな路地の片隅で、短くもみじめな一生を終えるというのはどんな気分かね」「小便が出ました」と信楽焼の狸は言い、くるりと眼球を裏返して白眼になり、気を失った。パンツがびしょびしょだ。小便臭かった筈である。

気絶した人間を射殺したって面白くもなんともない。弾丸を一発無駄にしたなと思いながらわしは路地を出た。残りの銃弾は禿頭《はげあたま》の数本の髪の如く貴重である。だがこの辺には確実に人を撃てるような人込みがない。貧困層が客であることを誇りにしている商店街を出て、もう少し上品な駅前商店街をあちこち物色しながら歩いていると、町内会の掲示板に本日夕刻より行われる講演会のポスターが貼られていた。「源氏物語の魅力について」という演題で講師は知らない大学の知らない男性教授である。場所は公民館。ここなら標的がどっさり雁首《がんくび》を並べている筈だ。

ポスターに書かれていた通り公民館は「スグソコ」にあった。つまり掲示板の裏が公民館の建物だったのだがわしは正面玄関から入らずに横手の職員通用口から館内に入った。控室と書かれた部屋にはテーブルを囲んだ数脚の椅子がプロデュース会議を開いているだけで他には誰もいず、ホールの方ではすでに誰かがマイクに喋っている。

暗い舞台裏からホールの上手《かみて》に出ると演壇で詐欺師《さぎし》の笑いを浮かべながら喋っているのはどうやら主催者であるホールの職員らしく、講師の経歴を紹介している。講師と思える小肥《こぶと》りのきちんと背広を着た初老の人物は薄暗い中でパイプの椅子に腰をおろし出番を待っている。わしはベルトから拳銃を抜き、髪が薄くなったその大学教授の頭頂部めがけてうしろから銃把を振りおろした。教授が泣きもせず呻《うめ》きもせずたちどころにおとなしく失神したのでわしはその重いからだをホリゾントに運び、海底の蛸《たこ》のようなぐにゃりとした姿の教授を垂れ下がっている黒幕のうしろへ靴の先で押し込んだ。

「それでは先生どうぞ」

司会者は自分が拍手することによって客に拍手を強制しながら下手《しもて》に引っ込んだ。わしは明るい演壇に出た。隅に花瓶が乗せられた頑丈そうな演台から見渡せば白髪、出っ歯、金縁眼鏡、でぶ、大根足、ちび、痩《や》せ蛙《がえる》、安物のネックレス、丹前の袖口《そでぐち》のような口紅、茶髪、前だけ紫色に染めた髪、笑ってもいないのに剝《む》き出しになった歯茎、その他その他の大多数が女である。最前列には夫婦者がいて、妻はもちろん女だが、夫も女だった。そのうしろには子供を三人つれてきている女もいた。ひとりは女の子であとの二人もやっぱり女の子だ。なかば想像していたものの、ひやあ全部女だなどと思いながらわしは喋りはじめた。源氏物語なら大学教授時代に何度か講義で論じたような記憶がある。その記憶が完全に失われていたとしてもまあまあ何とかなるだろう。

「本夕はまあまあ何とかなるということで突然やってまいりました。そうです。何とかなりますのでご安心ください。ところで本夕の演題つまり『源氏物語』でありますが、実は『源氏物語』などというものはありません。そもそもこの作品には表題、タイトルがないのです。では昔はこれを何と呼んでおったのか。『光の君のトコトンヤレトンヤレナ』だったのかもしれませんし『紫ちゃんのすたこらさっさ』だったのかもしれません。作者がタイトルをつけておらんのですわ。しかし紫という人は本当にいたようですな。だがこの人が本当に作者だったのかどうかもはっきりしておりません。確かに作品が評判になって認められて、一条天皇中宮である彰子のもとへ出仕して、その間も書き続けて完結させたと言われていますが、こんな膨大な作品を彼女がひとりで書いたとはとても思えません。この紫式部のパトロンだった藤原道長などもだいぶ手伝っておる筈ですな。いやいやわしが言っておるのではない。これらをすべて紫式部が書いたと主張している学者でさえ道長の手が加わっておることは認めておるのですぞ。さらにまた紫式部の娘の大弐三位《だいにのさんみ》にも書かせておる筈ですし、死んでいる筈の父親の藤原為時《ためとき》やらこれも死んでいる夫の藤原宣孝《のぶたか》までもイタコにあの世から呼び出させて書かせたと言われております。というのもこの作品、主人公は変るわ、筋は一貫してなくてばらばらだわ、文体もテーマもころころ変化するわ、まさに駄作あるいは失敗作と呼ぶに相応《ふさわ》しい作品であるのです。だいたいですな、主人公が死んでからあと、その孫の世代にまで及ぶ短篇の後日談が金魚のウンコみたいに内容もばらばらなら人物もばらばら、えんえんと続くのです。わしが考えるにこれはこの作品の評判がよいので近所の女房連中が面白がって自分でも書き、持ち込み原稿、つまり式部のところへ持ち込んできたに違いないのですわ。これに式部はちょんちょんと手を加えてあの悪名高い『宇治十帖《じょう》』として纏《まと》めたに相違ありません。だいたいあの辺の内容はなんですか。人を莫迦にしているにも程がある。莫迦にするなっ。ああいやいや、つい興奮して失礼いたしました。それではなぜあの作品、現代にいたるまであのように評判がよく、何度も何度も出た現代語訳がいずれもあのように売れておるのか。これはつまり読者が阿呆だということです。言うまでもなくあの本の読者はほとんどが思弁を自らに戒める貴女《あなた》がた阿呆の女たちなのであります。フェミニズム思想をあの作品の中に感じ取った女学者に煽動《せんどう》され、エロス的な次元での連鎖がこの都市は勿論《もちろん》のことあらゆる都市のエロティシズムの中で社会性を持ったのです。作者が女であるからこそのおまんこによる同志的結合が発生し、それによって今日もまたここでのこの集合的無意識によるおまんこの大集合が行われておるのです。ここで問題となるのは読書のうちに存在する欲望または非欲望であって、特にこの作品のように読書を義務に変えてしまう社会的な拘束、阿呆のおまんこの『あらあたしゃ読みましたわよ』という通過儀礼的な、ほとんど儀式的な痕跡《こんせき》に導かれてのみわらわらと集ってきておるあんたがたなのであります。そのあんたがたどこさ肥後さ肥後どこさ熊《くま》ちゃんさ熊ちゃんどこさと鷗《かもめ》に問えばわたしゃ立つ鳥ええ波に聞けのその行方たるやこれはもう地獄としか言いようがない」

喋りながらもさっきから演台の上の、右端に乗せられている花瓶が気になってしかたがない。菊と思える黄色い花でいっぱいのその紫の花瓶が時おり「隣は便所」などと歌うので、邪魔でならぬ。わしは右手をのばし、花瓶を払いのけた。花瓶は下手に「飛んで演壇に黄色と紫の残骸《ざんがい》を撒《ま》き散らし、砕け散った。その時ちらと下手の袖が眼に入った。わしの言辞と破壊行為に驚いたらしい職員と思える三人ほどの男がおれを捕まえようとしているかの如く身構えている。上手を見るとそこの袖にも二人。

「面白くないわ。馬鹿にしないで」最前列にいて最初からノートにメモしていた家庭の医学風の女が立ちあがり、そう吐き捨てて中央通路を出口へと歩きはじめた。

それを機に、それまで痴呆の如くわしを眺め、静まり返っていた女たちが百足《むかで》の大群のようにいっせいに身動きし、ざわめきはじめた。「この人、何なのよ」「気ちがいだわ」「やめさせられないの」

わしは拳銃をベルトから抜いて銃口を客席に向け、大声で叫んだ。「黙れ。静かにせんか」

最前列の数人が悲鳴をあげた。「この人ピストル持ってるわ」「ピストルよ」

わしは笑った。「そうか。これがピストルに見えるか。なるほどあんたたちにはこれがピストルに見えるだろうな。だがしかし、騙《だま》されてはいかん。実はこれはピストルだ」

拳銃を発射すると、またしても銃口が跳ねあがり、銃弾が天井の照明器具に命中した。ガラスの破片が客席前列附近に降りそそぎ、それと同時にほとんどの客席の女たちが立ちあがり、悲鳴と叫喚とよいとまけを合唱しながら逃げようとする。だが通路は狭く出入口たるや絶望的に小さいドアが三か所にあるだけだ。ええいこのギャーストどもめがと怒鳴りながら、わしも演壇から飛びおりて中央通路を突進した。袖に出れば職員どもが待ちかまえているからだが、押し合いへし合いの女どものぷよぷよ、ぶよぶよ、時にはぴちぴちぷちぷちのでかい尻《しり》を押しのけて出入口にたどりつこうと努力する中、ふと横を見るとわしが気絶させた本日の本来の講師であるあの大学教授までが、女たちを押しのけて出入口へと向っている。

「あんたは逃げなくてもいいんじゃないの」とわしは彼に言った。

「恥ずかしいので」と、彼は申し訳なさそうな笑みを浮かべて言った。「教授ともあろうものが、演壇に出る寸前緊張のあまり失神しました。その時に打ったらしくてまだ頭がずぎーん、ずぎーんしておりますがね。まったく恥ずかしいことです。これはもう、逃げるしかない。わたしのかわりに話してくださったのはあなたですかな。しかし夢うつつで聞いたあの講演、あれはわたしの本音を吐露してくださっているようでまことに心地よきものでありましたよ」

わしと教授は女どもに揉《も》みくちゃにされながらやっと公民館を出た。

「ではわたしはこっちへ行きますので」

わしと教授はハイタッチをしてから右と左に別れ、わしは街路に佇《たたず》む女たちの罵声《ばせい》を浴び、うしろ指をさされながら小走りに駈《か》けて駅前から離れた。行きがけの駄賃に一発ぶっ放してやればよかったとあとで気がついて、気がついてみればまだ誰も射殺していないのであったがしかたがない。お喋りと、そのあとは逃げるのに懸命だったのである。逃げる途中、死後硬直のまま歩いてくる婆《ばあ》さんと衝突した。死後硬直の婆さんが大声で悲鳴をあげたため、わしはさらに逃げた。

「お前がリビングのテーブルなんかにぽいと置いとくからだ」

「そう思うんだったら、あなたがちゃんと持っててくれたらよかったんじゃないの。きっとお父さんが持って出たのよ。憲治、どう言ってた」

「五時きっかりに来たけど、金がないのでがっかりしていた」

「憲治、会社で困ったことになるわ。お父さんはどこへ行ったのかしらねえ」

「警察に届けて、捜してもらおうよ」

「何言ってるの。もしお父さんが見つかって二百万円も持ってることがわかったら、いったい何のお金だって問いつめられるじゃないの」

「じゃあ、お父さんが帰ってくるまで待つしかないのかい。まあお父さんはたいてい、必ず帰ってくるんだけど。遅くとも次の日くらいには」

「またあちこちで物を壊し続けてるわ。そのたびにお金を払って弁償して。ああ。こうなったらもう、できるだけお金を減らさないで帰ってくることを祈るしかないわね」

祈るが如く恨めしげに日は暮れてここは新宿歌舞伎町《かぶきちょう》の繁華街である。店主も店員も客も支那《しな》人ばかりの支那料理店で鱶鰭《ふかひれ》のスープと酢豚と海鮮炒飯《チャーハン》を食べたわしは、獲物を探しながら人込みの中を歩きまわっている。この附近、どうやらわしのようにまともな人種は近づかない場所であるようだ。なぜならわしのように物騒な人種ばかりだからである。そして客引きが多い。わしのようにきちんとした服装の人間を見るとすり寄ってきてこの世ならぬ体験をさせてやるみたいなことを耳もとに囁《ささや》く。この世ならぬ体験というのは即《すなわ》ち死ぬことではないか。

「社長。わたしのお店に来てよう」手に店名を書いたカードを持って花売り娘風の衣《い》裳《しょう》を着た娘が傍へやってきた。このあたりには珍しく可愛《かわい》い娘だ。

「おう。君は可愛いな。可愛い可愛い。あまり可愛いから抱きついて抱きしめて抱きすくめて射精して、ついでに首締めて殺したくなるくらいだ」

「あはははは。社長、面白い」

痴呆的な笑いかたから判断するに、あまり頭のよくない娘のようだが、だからこそわしの好みだ。「そんならお店に来てよ社長」と言うのでお前さんが相手をしてくれるのかと聞くとするすると言うので、おれは彼女に案内されて「ドグマ」というその店に行った。店はビルの薄暗く小便臭い階段をあがった三階にあり、ドアは黒い地獄のステージ・ドアだ。わしは店を見渡しながら大声で店内の情景描写をした。

「これはこれは。四つしかないソファに座っているのは不細工な女の子が三人だけでわし以外に客はおらず、女の子は赤鼻のトナカイと岸井明と髭《ひげ》のないドン・ガバチョで、カウンターの中にいるのは細身で目つきが鋭いバーテンダー。バックバーに酒は揃《そろ》っておらずカウンターの隅には埃《ほこり》。言わずと知れたここは即ち、紛《まご》うかたなき暴力バー」

「お客さん」暗い眼でわしを睨み、バーテンが言った。「人聞きの悪いことは言わないでほしいですな。なんでここが暴力バーなんですよ」

「暴力バーかそうでないかはあと二ページ読めばわかる」わしはそう言って客引きの娘の肩を抱いた。「この娘がわしの相手をしてくれるそうだが、構わんかね」

この店のマスターでもあると思えるバーテンは渋い顔をした。「その娘は客引きなんですがね。まあいいでしょ。ユキ、社長のお相手をしろ」ユキがわし以外の客を引っ張ってくると具合が悪いのだろう。

「この店の客はみな社長らしいな。わしは社長ではないが、昔やったことが二、三回あったかもしれん」わしがユキと並んでソファに掛けると、女たち三人も露骨なたかり顔になり、わしを取巻いて座った。「ろくな酒はあるまい。ウイスキーでいい。お前ら何でも飲みなさい。それにしても『ドグマ』とはよく名づけたもんだ。ドグマチックな主張こそがつまりは無意識へのプロレゴーメナ、これについてはわしも二千六百五十ページ、二千六百五十円の本を一冊書いたのだが、言語活動それ自体を対象とする言語活動を語る場合は言語活動はいわば言語活動の言語活動というメタファーの過程だ、というようなことを論じておる。つまり今君たちが困った顔をしておるのはわしが演劇的に論じている自分と、ここが暴力バーであるという現実の区別ができず、君たちがやっている暴力バーという光景に参加しているとは思えないわしの一貫性に欠ける言辞で悩んでおるのだ。お前さんたちの中で、強姦《ごうかん》された者はおるか」

「男の子三人」と、髭のないドン・ガバチョが言った。

「輪姦されたのか」

「わたしがしたのよ」

「ところで、わしには二つの主題があってな。母親がわしとおまんこしてくれているという妄想によってわしは痛みを感じ、母親がわしに手淫《しゅいん》つまり手こきしてくれるという妄想によって快感を得るのだが、これはペニスとペニスとの、そしてわしのペニスをアイロンで焼こうとした女中という妄想の主題との関連でのおまんこと、欲望との関連における他人の手による手淫だ。これがわしの二つの主題だったのだが、わしはわが著作によってこれらを主体とのメタフォリックな結びつきに到《いた》らせたんじゃよ。うるさい」わしはテーブルに乗っているジョニ黒の瓶をつかんで床に叩きつけ、吠《ほ》えた。「さっきから何度も何度も『廃炉にせよ』『廃炉にせよ』とスローガンめいたことをわめき続けておる」

マスターがやってきて訊ねた。「なんで割ったんですか」

「うるさいからだ。それにこの女たちはわしの話にまったく知らん顔でがぶがぶとわけのわからん朝顔みたいな酒を呑むばかりだ。きゃあきゃあ笑って受けてくれるのはこのユキだけだが、この娘とてわしの卑語に反応しとるだけだろう」

「無理ですよ。お客さんの話、難しくて面白くない」マスターはジョニ黒の割れた破片を拾いながら言った。「この酒、高価《たか》いんですよねえ」

「おいでなすったな。そんなら今までの分を全部勘定してくれ。いくらになるかね」

わしは「七つの顔」で多羅尾伴内《たらおばんない》をやった片岡千恵蔵の口調を真似《まね》しながら封筒を出し、中身の札をすべて出してテーブルにどんと置いた。

女たちが息をのみ、マスターは陰惨な眼をしてわしを睨んだ。わあ社長お金持ちとユキだけがはしゃいでいる。

「あのねえお客さん」マスターは悲しげに言った。「あんたはなんでそんなに面白がっておれたちを笑いものにするんですか。おれたちだって何もこんなこと好きでやってるわけじゃない。食っていけないから、やむにやまれずやってるんです」眼が潤《うる》んでいた。「この娘たちだってそうだ。雇ってやらなきゃ生活できないんですよ」突然ピーター・ローレの顔になったマスターが泣き出しそうになったのでおれは慌《あわ》てて立ちあがり、彼の肩に手を置いて三年二組の担任だった村上先生の声で宥《なだ》めた。「わかったわかった。泣いちゃいかんぞ。わしも社会の最底辺と言えるこんな最低の店へ来るんじゃなかった。だけどな、あんたもわしもこの娘たちにしても、コンピュータのビット数としては同じなんだ。やいこら貴様」わしは大声を張りあげ、ベルトから拳銃を抜いてマスターに突きつけた。「いい気になるな。甘えちゃいかん。貴様らと対等になるために、わしはこれから強盗をする。もちろんこの金はやらん」わしは札束をポケットに戻した。「さあ金を出せ」

女たちは姫御前のふりをして悲鳴をあげ、マスターはカウンターの後ろへチャバネゴキブリの早さで逃げこみ、咆哮《ほうこう》するように叫んだ。「何するんですかっ」「まだわからんか。わしは自分で強盗だと言っておる。だからあんたは警察に通報することができるだろうが。あんたはこの店にある金を洗いざらいわしに渡す。わしは無論、金を払わん。そのかわりわしは警察に捕まる。めでたしめでたしだ」「何を言ってるのかさっぱりわからねえ」マスターが悲鳴まじりに叫んだ。「あんた、気が違ってるんだ」

「気が違っているのではない。強盗だ。早く警察に電話せんか。いったい何度言えばわかる。この聞き分けのない練羊羹《ねりようかん》めが。よし」わしはいきなり拳銃を発射した。

銃弾はバックバーの酒瓶やグラスを砕き、マスターはヨーデルを歌いながらカウンターのうしろへ頭を引っ込め、女たちはターザンの咆哮とともに店の隅へ散った。もとのソファで凄《すご》い凄いと言ってきゃあきゃあ笑っているのはユキだけである。

「これで本気だってことがわかっただろう。さあ電話しろ。せんかっ」

「しますします。しますから」マスターはケータイを出して百十番にかけた。「あの、強盗です。こちらセントラルロードにある菩提《ぼだい》ビル三階の『ドグマ』というバーです。強盗はまだ店内にいて。いやいや本当です。喧嘩《けんか》じゃありません。いやいやここは暴力バーなんかじゃなくてですね。いやいや本当に、さっき拳銃を発射したんですよ。いや本当ですったら」

おれは電話の相手にもわかるよう、バックバーに向けてさらに拳銃を撃ちまくった。ユキはわあわあと大はしゃぎ、赤鼻のトナカイは床に座り込んでオンアボキャと唱えながら頭にクッションをかぶり、岸井明は断末魔の声を張りあげ大股《おおまた》開きでこちらに薄汚れた赤いパンティの尻を見せた。髭のないドン・ガバチョはドアから出ようとして壁に激突、振り返って泣きわめきながら落つる涙を小脇《こわき》にかかえ千切っては投げ千切っては投げ。

「痛い痛い痛い。もう堪忍《かんにん》してください。これ以上殴られたら顔が歪《ゆが》んじゃいます」

「だからよう憲治、金持って出たお前の親父《おやじ》がよう、どこへ行ったかって聞いてるんだ」

「それが、何しろ惚けてるんで、いや、惚けてるっていうか何て言うか。つまりまともじゃなくてですね。痛い痛い痛い」

「そんなこと聞いてるんじゃねえんだよ。どこへ行ったのか、だいたいのところでもわかんねえのか。いつもどこへ行くんだ」

「夜だと歌舞伎町あたりへ行くことが多いんですが、はっきりしたことは」

「歌舞伎町だとよ。セントラルロードあたりだとわしらのシマだが」

「よし憲治。一緒について来い。わしらにはわからんから、お前が親父を見つけろ」

パトカーのサイレンが一帯に鳴り響き、ビルの前あたりで停車したようなので、わしはマスターがポケットのあちこちから出してカウンターに置いた数万数千円の汚い札をポケットに詰め込み、拳銃をユキの背中に突きつけた。「この娘を人質に取る」

「うわあ。わたし人質。人質」何が嬉《うれ》しいのかユキははしゃいでいる。

「ユキ」マスターが泪目《なみだめ》で言う。「いつか映画に行こうな」

ユキと一緒に階段へ出たものの、もはや弾倉は空っぽと気づき、わしは拳銃を踊り場に投げ捨てた。仲良く並んで一階から道路へ出ると周辺には野次馬が集り、パトカー二台が赤眼をくるくる回している。たちまち警官に取り囲まれて逮捕されるかと思いのほか別の店から出てきた客とでも思ったらしく誰もわしを犯人とは思わないようで、連中は物陰に身をひそめて三階の窓を睨んでいて、わしらと入れ違いにまるでわしらの姿が見えないような様子で警官二人が階段を駈けあがって行った。テレビの画面を想像して自分たちを客観視すればわれわれは上品な老紳士と可憐《かれん》な花売り娘なのだ。わしは一台のパトカーに近づき、開けたドアのうしろに半身隠して三階を見あげている警官に言った。「この女は売春婦だ。わしに買春させようとしおった。すぐに逮捕しなさい」

「わあ。わたし売春婦売春婦」そうはしゃいでからユキは急に自分を発見したらしく、沈みこんだ。「わたし売春婦じゃなかったのよね」

「今ちょっと、それどころじゃないんですがね」警官はなおも三階を見あげながら迷惑そうに言う。

わしは自分のベルトを引っこ抜き、ユキの首に巻きつけた。「それならわしがこの汚らわしい売春婦を成敗する。毒蜘蛛《どくぐも》を腹に飼いびちょびちょの開口部からムジナが顔を出しているような女をなぜ逮捕せんか。だから警察はデンドロカカリヤだと言うんだ」

警官は急に眼を吊《つ》ってわしを見てから、あわてて後部ドアを開けた。「じゃあ、あんたたち二人とも、とにかく乗ってください。乗ってください」

ユキの首からベルトをはずし、乗り心地のいいパトカーの後部座席にユキと並んで座り込むと警官は運転席に戻り、無線で連絡しはじめた。「あー、こちら丸一三号車。おかしな男女二名、パトカーに乗せました。男は老人で惚けていると思われ、女性に危害を加える虞《おそ》れがありますので一応二人とも保護します。今応援の車二台が到着しましたから、こちらはいったん署に戻ります」

「丸一三号車了解。厄介なことだな」

「あっ。親父だ」

「どれだ」

「今あのパトカーに女の子と一緒に乗せられた老人。あれが親父です」

「本当にあれか。ちぇっ。仕様がねえなあ。何かやって連行されるんだな」

「パトカーじゃしかたがねえ。あきらめるしかねえか。くそ」

あのマスターはユキの身を案じてか、わしのことを詳しく警察に言わなかったらしい。どう言ったのかは知らぬが警察では相変わらず惚け老人と思われ続けていて氏名も訊《き》かれず身体検査もされず、もう遅いから取調べは明日だと言われ留置場へ抛《ほう》りこまれた。ユキとひと晩一緒にいられると思い水鳥の浮き立つ心モン・サン・ミッシェルだったのだが、あいにく別べつにされてしまった。わしはひとり、がたがたと四肢をゆすって歓迎してくれている簡易ベッドと交接しながらぐっすり眠ったが、明け方にはパゾリーニの映画「アポロンの地獄」を夢でほとんどそのまま全部見た。読者の中には、わしに拳銃を盗まれた警官の報告がなぜこの署に伝わっていないのかと疑問を抱く向きもあろうが、真の読者とはそんなことなど気にしないものだ。朝食は必要かと訊ねる警官に臭い飯などいらんと言うと警官は不機嫌そうにわしをすぐ取調室へつれていった。取調べはいい加減なもので、記録係もいず取り調べる刑事もひとりだけ。その刑事はチャンドラーならどんなひどい描写をしたことかと思わせる二日酔いの中年男だった。のっけから人を馬鹿にしていてだぶだぶの頬袋をさらに緩ませ、にやにや笑いながら訊ねる。「お名前は」

「徳川家康」ご期待に応《こた》え、わしはそう言った。

さてこそと言わんばかりに身を乗り出し、彼は言う。「生年月日は」

「ええと、天文十一年の」

「真面目《まじめ》に答えてください」

「真面目に答えとるじゃないか。歴史年表を見てみろ」

刑事はしばらく沈黙し、室内の天井を見まわした後、また馬鹿にしたような笑いを浮かべて訊ねる。「三引く二はいくらになりますか」

「その答は無限にある。二引く一、一、一引くゼロ、百引く九十九、一万六千三百二十八引く一万六千三百二十七。あんたのその小さな脳によるたったひとつの解釈が絶対ではない。特にフェルマータの局所体など整数及びそれから派生する数の体系の性質などは無数に存在する。初等整数論ですら手の指、足の指を使わないで問題に取組むんだ。君がわしを惚け老人として扱いたいのはよくわかるものの、こんな答え方をしてはますますそう思われることもわかっておる。これはつまりあのガロア君が工科大学の試験官の質問があまりにもつまらないのでまともに答えなかったために落第したのと同じだ。では次はガウスの整数について話してあげようかね。これは代数的整数論の分野における基礎的根幹でもって、他の数学においてもそうなんだが、さっき言ったガロア君のガロア理論が基本的な道具になってくる。とにかく数学はヴィクトル・セガレンが言うように科学の女王だ。今すぐユキちゃんに会わせなさい。ユキちゃーん」

そう叫んだ途端に、どれほどの時間かわからないのだが、わしの意識はまた飛んだ。これ即ち文学的省略であろうとは思ったが、驚いたことに意識を取戻した時、わしはまだ喋っておった。こんなことは初めてだ。思索が無為の宙空を飛躍し続けていながら断続的に発展し続けているらしい。

「このような計算の手続きつまりアルゴリズムというものが、いちいち思考を重ねていかなきゃならんので面倒だからこそ人間はコンピュータを作った。では人間は何をするかというとヒューリスティックなやり方をする。これは便秘薬を飲まないで簡単に大便をする方法、即ち簡便法と言うのだが、このうまいやり方はすぐに下痢をする」

刑事は立ちあがり、ケータイを出してあたりをうろうろしながら話しはじめた。

「ああ課長ですか。昨夜保護した人なんですがね、ちょっと応援お願いできませんか。いえあのう、ちょっと私の手に負えませんので。いえそういうわけでは。とにかく、来てくださればわかると思いますが。はい」ケータイを折り畳み、嘆息しながら彼は言った。「あんたにこんなことを言ってもまともな答えは返ってこないと思うが」

「では何も言うな」

「忙しいんだよ。いっぱい事件を抱えこんでいてこういう取調べにかかずりあってる暇はないんだ。早く終らせたいのにあんたはわけのわからんことばかりを」

刑事はうまくいかない仕事のことあまり忙しいので離婚寸前の妻のことなどしばらく愚痴を垂れ流していたが、やがて彼よりはだいぶ脳量の大きそうな、そして少し若くてインテリめかした眼鏡の人物が入ってきた。いい仕立ての背広を汚す虞れがあるためか自身の腕力に自信がないためか、もうひとり高見盛《たかみさかり》に似たでかい部下を連れていた。

「須藤君どうした。交替しよう」

「すみません課長」猪首《いくび》の刑事はほっとした様子で立ちあがり、わしの前の椅子を課長に譲り自分は高見盛と並んで壁際《ぎわ》の椅子に掛けた。

わしの息子ほどの年齢と思える課長が事情聴取をはじめた。「ええと。まずお名前を」

わしは自分の名前を正確に答えた。「安積庄一。安らかに積むという安積で、庄一の庄は庄屋さんの庄。一は数字の一です」

この人のどこがおかしいんだという眼で課長は須藤刑事をじろりと見た。須藤刑事は眼球を卵型に突出させた。「さっきは徳川家康だと言ったんです」

わしは東大生のように静かな声で、極めて冷静に言った。「そんな馬鹿ばかしいことあたしゃ言ってませんよ。あたしがそんなこと言ったなんて、そこに書いてありますか」

課長は机の上の、何も書かれていないメモ用紙を見た。「書いてないな」

須藤刑事は混乱の舌を出して逆上の泡を噴き、立ちあがった。「三引く二はいくらだ。言ってみろ」

わしは妖刀《ようとう》村正のように、さらに沈着冷静にやや押し殺した声で言った。「一に決まってるでしょう。あのう課長さん。この刑事さんはさっきから、こんなおかしな質問ばかりしてわしを困らせるんです。なんだか知りませんが他にいっぱい事件をかかえているとかで、なんとか手っ取り早くわしを認知症の徘徊老人に仕立てあげてしまおうとしてつまらん質問ばかりする。馬鹿ばかしくて答えられないような質問を執念深く繰り返して、わしを混乱させて、結局は何も答えられなかったというような結果を出そうとしとるんです。以後の取調べですが、課長さんに替っていただけませんかな」

「これは陰謀だ」須藤刑事はさみだれのできた顔で咆哮するように叫び、無遠慮にもわしに指を突きつけた。立って大便をするようながに股になっていた。「おれにはわけのわからん返事ばかりしやがって。今さらまともなふりをしやがって。いっぱい引っかけたな。くそ。この老いぼれが」涙を流しながら摑《つか》みかかろうとする須藤刑事を高見盛が背後から抱きとめた。

課長は立ちあがり、「須藤君、ちょっと外へ出よう」と言い、わしに「安積さん。少しお待ちください」と言い置いてから、高見盛と共に「課長、あっ課長、騙されないで」となおも喚《わめ》き続けている須藤刑事を室外へ連れ出した。三人はまだしばらくドアの外で言い争っていたが、課長と高見盛が須藤刑事をどこかへ連れて行ったらしく、やがて静かになった。

わしはメモ用紙とボールペンをとってエッシャーの「手を描く手を描く手」をそっくりそのまま描いてからゆっくりと立ちあがってドアを開け、廊下へ出た。確かに多くの事件を抱えこんでいるらしい警察署の二階のその廊下には数人の刑事や警察官、中にはニコラス刑事や刑事《デカ》プリオもいて、全員がケータイをかけたり書類を見たりしながら慌ただしげに往来しているだけで、わしには誰ひとり注意を向けない。わしは難産に立ちあって無事に処置を終えた産科医の如く、深呼吸をし天井を見あげてから肩を落とし、歩きはじめた。署内にはなぜか土地勘があった。昔ここで刑事をしていたのか、悪事を働いて何度も取調べを受けたのか、もしかして一時期ここの署長ではなかったかとさえ考えながらわしは階段を地下まで下りた。予想していたように地下には押収品保管庫があった。わしを招いている魅力的なそのドアを、わしは開けた。

保管責任者の警察官はまだ若く、なぜかわしが入っていくまで泣いていたようだった。彼はわしを見て慌てて眼をこすり、兎《うさぎ》の眼であらぬ方を見やりながら掠《かす》れた声で訊ねた。「ご用件は」

「おお。懐《なつ》かしい匂《にお》いだなあ」とわしは庫内の奥の方を眺めまわしながら笠智衆《りゅうちしゅう》の声色で言った。「実は君の座っているところに三十年前、わしも座っておってね」

わしを警察OBと知って警察官はやや心和んだようでもあったが、一方では警戒心も増したようだ。「そうでしたか。突然のご来訪ですが、大先輩なんですよね。いつも先輩たちには大切なことをたくさん教わっておりまして」

「そんなことはまあ、いい。いい。なあ。君はわしが入ってくるまで泣いておったようだが、まるで君がわし自身のような気がしてならないよ。わしにも悩みや悲しみがあった。それは苦しみでもあったのだがね。このおじんに、なぜ泣いていたのか言ってごらん。ものは試しだろう。こういう時のためのOBなんだし、どうも君がわしの息子のように思えてならんのだよ」

「先輩にお話ししてもどうにもならないと思いますが」警察官はしばらくためらってから、投げ出すように告白した。「実は生活費と借金のために、押収品の中から金の腕時計十個ほどを持ち出しました。今日は午後から管理責任者による一斉点検があるので、どうせ夕刻になればばれてしまうんですが」

「莫迦なことをしたな。売ったのか」

「いいえ。一六銀行に入れました」

「質屋だな。元利金はいくらだ」

「何度かに分けて入れたのですが、百何十万円かになります」

「今からすぐ、請け出してきなさい」わしは銀行の封筒を出し、今度は三船敏郎になってどーんと受付のテーブルに置いた。「二百万円ほどある。すぐに行け。まだ間に合うだろう」

若い警察官は立ちあがりイカリングのような口をしばらくぱくぱくさせてから言った。「あっ。あの。ありがとうございます。でもこれ、お返しすることができるかどうか、あの」

「いいから早く行け。その間、わしがここにいてやる。誰か来てもわしなら誤魔化せる。行けっ」

「はいっ」彼はドアに向かいながら、わしを振り返った。「迫力あるなあ。なんだか映画みたいですね」

「映画ではない。小説だ」

保管責任者である警察官が退場したあとの押収品保管庫に立ち、中央通路の両側にずらりと並ぶ棚を見渡しながらわしは両手をあげ咆哮した。おお現前するここは宝の山、金銀財宝偽物と本物の高級ブランド品武器弾薬ヘロインコカインその他その他の麻薬類、それは即ち悪の悪による悪のためのお宝の堆積《たいせき》、資本主義社会自由主義社会暗黒社会の居心地よき娑婆《しゃば》へ戻りたがり羽搏《はばた》きたがっているモノ物質ブツ物資現物がそれぞれある一定の質量と共に身を寄せあい姿をひそめながらその実わしに発見されることを憧《あこが》れ望み憧憬《どうけい》し希望している、他にはなくここにしかない場所なのだ。わしはまず高級ブランド品が並んだ棚からルイ・ヴィトンのキャリーバッグをおろして、銃器類の棚から64式自動小銃を出し、分解してバッグに入れ、さらに箱型弾倉に入った7・62ミリNATO弾をいくつか入れた。ついでにルガーP08自動拳銃を三挺《ちょう》と9ミリパラベラム弾をいくつか入れた。それだけでも老齢のわしには腕がチンタラになるほどの重量である。

美術工芸品の高価そうな壺や花瓶を二、三十個叩き壊してやろうかと思ったが、こんなに大量では物を壊す気も失われてしまう。外へ出られるのを嬉しがってああいいわいいわと嬌声《きょうせい》をあげているキャリーちゃんをがらがらがらと引っ張って廊下に出て、苦労して階段を一階へ上り正面玄関から署を出る。誰もわしに注意を向けないのは怠慢であると周囲の警察官たちを内心で叱《しか》りつけながら苦労して玄関の階段を下り、乗ってちょ、乗ってちょと言いながら身を揺すって道路に駐車している一台の黒いタクシーに乗った。

新宿では昨夜、なんだか妖怪や精神病患者や支那人の大群や暴力団を相手に暴れまわったような悪夢じみた記憶がぼんやりとあって具合が悪いように思ったので、市ヶ谷へ行くよう運転手に命じる。車が走り出すとわしはもう我慢ができず、キャリーちゃんの肉体内部から銃器弾薬を取り出し、後部座席で小銃を組立てたり弾倉を装着したり拳銃に弾丸を装塡《そうてん》したり、窓外を歩く人間の股間《こかん》を狙って「BANG」「BANG」などと言ったりした。

「お客さん、あんたはいったい、何してはりまんねん」ミラー越しに運転手が訊ねる。

「最新式の銃器をあちこちに売込んでいる。今、見本を点検しとるのだ」と、わしは言った。「この自動小銃を二万挺と自動拳銃を三万挺ほど売込む。弾丸とともで五十億ほどになるが、まあわしの会社にとっては小遣い程度の儲《もう》けだ。今日中に売込めたら夜は江古田の『鳥勘』でひとり祝杯をあげる」

「ははあ。そんなら、お客さんが市ヶ谷行け言わはるのはつまり、防衛省のことやね」

防衛省で銃を撃ちまくったりすれば結果はわかりきっている。若さ漲《みなぎ》るこのわしのからだが蜂《はち》の巣になり、その穴を地獄の空っ風が吹き抜けるのだ。

「いや。防衛省ではない」運転手にそう答えた途端、わしには突然行く先が閃《ひらめ》いた。ある程度の知性は持つもののゴキブリ捕獲以外には活用せず、身体は概《おおむ》ねコアラ程度に虚弱であり、弁は立つものの背中を見せた発言であり、来年の作付面積に害をなし、支那人に甘く、映画や煙草《たばこ》やニューハーフや老人を見捨てるような人間ばかりがぎっしりと集っている場所だ。昨日から衆議院本会議が始まっている筈だった。

「国会議事堂へやってくれ」と、わしは言った。あの喋り方の気に食わぬ総理大臣を四十六回殺してやる。

参考図書
鈴木雅雄『ゲラシム・ルカ　ノン゠オイディプスの戦略』水声社
福田孝『源氏物語のディスクール』書肆《しょし》風の薔薇《ばら》
ロラン・バルト『言語のざわめき』花輪光訳、みすず書房
アンリ・エー編『無意識』1　大橋博司監訳、金剛出版

不在

1

避難所は公民館で、三十人ほどがいた。老人が多かった。臭気の中、ホール全体の宙に白い埃《ほこり》が薄く棚引き、とどまっていた。段ボールの間仕切りは座っているわたしの眼の上までの高さだった。

「沙季《さき》じゃないか」

「工藤さん」わたしは立ちあがった。

高校の一年先輩で、卒業後も何度か逢《あ》っていた。工藤さんは厚い胸にわたしを抱きしめた。「生きていたんだ」

「母親がまだ埋まったままなの。工藤さんの家族は無事だったの」

「娘が死んじまった。自分の家の天井に押し潰《つぶ》されて」少し涙声になってそう言ってから工藤さんは床に腰をおろした。作業服を着ていた。「今日からこの避難所の厄介になるんだけど」

わたしも座って向きあった。ふたりはお互いをしばらく眺めあっていた。工藤さんは疲れきっているように見えた。去年見た時よりも痩《や》せていた。

「それで、沙季、お母さんは助け出してやらないの」

その日の昼間のことをわたしは話した。家があった場所は幹線道路からふた筋入った場所にあるのだが、行くと道路ではまだ自衛隊による瓦礫《がれき》の撤去作業が進行中だった。若い自衛隊員と眼が合ったので、わたしは話しかけた。「ご苦労さま」

隊員はもう一度わたしを見て頰を少し赤くした。「どうもです」わたしの視線を避けるように俯《うつむ》いた。色が白く睫毛《まつげ》が長かった。

こんな子に力仕事ができるんだろうかと思いながらわたしは頼んでみた。「母が、倒壊した家の下敷きになったままなんです。この間から少しずつ瓦礫を取り除いているんですけど、はかどりません。助けて貰《もら》えないでしょうか」

「はあ」隊員はわたしをうわ眼で見て、低い声で言った。「お気の毒ですが道路の復旧が先なもので」

「ああ。それはそうよねえ」吐息が洩《も》れないようにわたしはそう言った。

それから瓦礫を越えてわが家だった場所まで行き、瓦《かわら》や木材を少しだけ取り除いて、家の前の道路だった比較的平坦《へいたん》な場所まで運んだ。僅《わず》かな作業で手足が痺《しび》れた。

「ボランティアに頼もうかと思ったけど、ボランティア、いないし」

「ボランティアかあ」工藤さんはちょっと天井を仰いだ。「あの人たちはせいぜい水や食料や薬なんかを運んでくるだけだもんね。苛酷《かこく》な力仕事は厭《いや》がるんだから」じっとわたしを見た。「手伝おうか」

胸が熱くなった。「ありがとう。とても嬉《うれ》しいわ。助かるわ」

工藤さんはちょっと片手をあげ、かぶりを振った。「どうせ暇だから」

その夜、工藤さんはわたしと一緒に寝た。工藤さんに抱かれて寝ていると安心するし、暖かい。工藤さんはわたしにちょっとキスをした。その気配を感じたのか、間仕切りの向こうで初老の女がわざとらしく咳《せき》ばらいをした。

給料の未払分を渡すというメールがあったので、次の日わたしは会社へ行った。会社の建物は一部が崩壊しただけで、ほとんど無事だったのだ。今は車が一台もいない駐車場が大部分を占めている会社の片隅の事務所には社長がひとりだけで、なんとなく寂しそうにしていた。

「お給料よりも、わたし、仕事がしたいんだけど」

わたしが言うと社長はデスクの向こうからわたしをうわ眼で見て、顔を伏せた。

「会社のトラックが、十二台のうち九台、流されたりぶっ壊れたりでさ。たまたま東京に行ってた三台だけになっちまってさ。戻っては来たけど、ガソリンも不足で」

「東京へ行ったら、どこかダンプの運転手、雇ってくれるとこ、あるかしら」

「紹介状ならいつでも書くけど」社長は首を傾《かし》げて下唇を噛《か》んだ。「失業してる運転手、今、多いからねえ」

「社長。口紅、変えました」とわたしは訊《たず》ねた。

「ああ」やっぱり、というように社長はわたしを見た。「この口紅、濃いよねえ」

「いつもの薄いピンクの口紅の方が似合うと思うけど」

「わたし、色が黒いからだろ」社長は少し顔を赤らめた。「あの口紅、使い果たしてね。なくなっちまったんだ」

「じゃ、わたしの使って」

わたしは社長と、口紅を交換した。

「もう、入金はないんでね」別れる時、社長は言った。「悪いけど、当分お給料、払えないよ」

「いいの。ずいぶんよくしてもらったから」もっと何か言いたかったけど、わたしが社長を慰めるのも変なものだ。

午後、わたしと工藤さんはわたしの家があった場所にやって来た。生臭い風が吹いていた。空は曇天だ。あの日から一日たりとて晴れていた日はない。気のせいかもしれなかったが、ずっと曇り空ばかりだったような気がする。昨日来ていた自衛隊員たちは一人もいなかった。道路の瓦礫は撤去が遅遅として進んでいない。わたしは工藤さんに手伝ってもらい、瓦礫になったわが家から廃材を拾いあげ、道路際《ぎわ》まで運んだ。蠅《はえ》が一匹、飛んでいった。もう蠅の出る季節になったのだ。母はまだ出てこない。深い底の方にあの小さなからだでじっとしているのだろう。

「建設会社の仲間に聞いたんだけどね」と、工藤さんは重いタイルの壁の一部を抱えて運びながら言った。「仮設の居酒屋ができるらしいよ。開店、今夜からだって」

「行くの」

わたしが訊ねると、工藤さんは笑って頷《うなず》きかけた。「うん。行ってみようよ」

日が暮れてからわたしたちは瓦礫を取り除いた空地にぽつんと建っている仮設の居酒屋を訪れた。前まで行ったものの明りが洩れているだけで、気配としては中は静かなようだった。やっていないのかな、あるいは誰も来ていないのか。そんなことを言い交しながらわたしたちが戸を開けると、意外にも満杯だった。みんな静かに話しあいながら、ひっそりとビールや日本酒のコップを口に運んでいる。椅子《いす》のかわりに木箱が置いてあり、カウンターなどという洒落《しゃれ》たものもなく、寄せ集めのテーブルだけだ。身内に犠牲者が出た人の多いせいか笑い声はほとんどなく、たまにひと隅で二、三人が笑うだけである。

わたしたちは立ったまま日本酒を飲んだ。久しぶりに飲む酒なのに誰もあまり酔っていない。老婆《ろうば》はほんの数人だった。テーブルではわたしほどの歳《とし》の作業服の娘が眠りこけていた。顔見知りがいず、ひとりで飲みながら時おり「ああ。もう」などと言っては身もだえしている女もいた。

日本酒、などというものを飲むのは何年ぶりだろう。ずっとワインだったのだ。少し酔ってきて、わたしは溜息《ためいき》をついた。「なんでこんなことになったのよう」

工藤さんは少し潤《うる》んだ眼でわたしを見た。「知ってるだろうけど、女の卵は一種類、男の精子は二種類。その精子が一種類になって女しか生まれなくなっちまった」

「それは知ってるけど、だから、そうなったのはなんでなの。しかも世界中で」テーブルに掛けた女の煙草《たばこ》の煙が眼にしみた。男がいなくなるなり嫌煙権運動などというものもなくなったのだ。

「天の怒り、なんて言う人もいるよね。だけどレズは大喜びの世界さ。わたしたちは違うけど」そう言ってから工藤さんは少し顔を赤くした。彼女も酔っていた。「こんな大災害が起ったのも、男のいない世界で女がどれだけ困るか知らしめてやろうという神様の意地悪だなんて言う人もいるけどね」

テーブルの喫煙女が顔をあげた。中年で痩せぎすの女だった。だいぶ酔っているように思えた。「そうだよ。笑っちゃうよね。ご覧よ。見渡す限り女ばかりだよ。あはははは」

「たしかに男がいれば、あの瓦礫の撤去だってもう終っている筈よね」わたしはそう言った。「死んだお爺《じい》ちゃんがよく言ってたわ。見ろ、男を大事にしないからだ、ざまあ見ろだなんてね」

「それはひどいよ」喫煙女が言った。「わたしはお爺ちゃん、大切にしたよ」

「この店の中、臭いけど」わたしは言った。「でも男がいれば、もっと臭かったかもしれないわよ」

「それはそうだ。うん」喫煙女は大きく頷いてビールをがぶりと飲んだ。「確かに男は臭かった。あの臭い、今となっては懐《なつ》かしいけどね」

　居酒屋を出ると、空は曇ったままであたりは真っ暗だった。街灯は点灯していず、ポールが曲ったままで立っていた。何か蠢《うごめ》くものがあり、眼が闇《やみ》に馴《な》れてくるとそれは、今居酒屋から出てきたばかりらしい娘がそのポールに抱きついて、悶《もだ》えながら下半身をこすりつけているのだった。

彼女に同情する眼をわたしに向け、工藤さんは言った。「病院へ行って、手術を受けるか妊娠させてもらうかすれば、あれ、やらなくなるんだけどねえ」

2

「飯塚先生。主人はどうなってしまったのでしょう。あの災害の折に道路で転倒した衝撃から意識を失って、もう二か月も経《た》つんですよ。ああやって点滴で栄養を摂《と》るだけの、あんな、まったくの寝たきりの、ものを言わない植物人間になってしまって、少しも回復しているようには見えませんけど、その後、意識を取り戻すような何かの兆候はあったのでしょうか」

「あのですね奥さん。意識がないということではないと思うんですよ。今ではさまざまな診察機器類も発達しておりまして、脳波の測定その他が極めて進歩しております。そういう機械による計測ですと、ご主人にはあきらかに意識があると考えられるんです。ただ身体を動かさないというだけで脳は活発に働いています。脳のどの部分がどの程度に活動しているかを観察し測定することで、今何をなさっているかさえわかるんです。食事をなさっている時もありますが、寝ているご主人は実際に咀嚼《そしゃく》などはなさっていません。また唾液《だえき》の分泌《ぶんぴつ》もありませんし、胃は空っぽのままです。激しい運動をなさっていると見える場合も、不思議なことですが血圧の上昇や動悸《どうき》の昂進《こうしん》、発汗などもまったく見られないんです」

「じゃあ、主人はいったいどこで、いえ、どのような場所で食事をして、どのような状況で活動や運動をしているんでしょうか。もしかしてそれは夢の中でしょうか」

「いえいえ。夢の場合は脳波が覚醒時《かくせいじ》とはまったく異ります。ですからご主人は、意識としては覚醒なさっている、としか申しあげることができないんですよ。あまりに珍しい症例なので学会にも報告しましたし、紀要にも載せ、医学雑誌にも投稿し、発表しました。ですからここのところ毎日のように各大学から脳の専門家や高名な教授たちがやってきて診察し、会議を開いたりもしております」

「はい。それはうかがいました。そのために診療費も無料にしていただいていることは知っております。ありがたいこととは思いますが、お金よりも何よりもわたしには主人が大事なんです」

「それはもう、そうでしょうとも。そうだと思います。ご同情いたします」

「あれからもう一年も経ちます。飯塚先生。この頃わたしは主人のことをよく夢に見るんです。あの事故のあとしばらくは、わたしをショックで覚醒させまいとするみたいに、直接彼が夢に出てくることは滅多にありませんでした。でも今は、ほとんど毎晩のようにあの人の夢を見るんです」

「どのような夢でしょうか。わたしは精神科医でもありますので、差し支えなければお話ししていただけませんか」

「はっきりしない夢ばかりなんですが、あの人がしきりに帰りたい、帰りたいと言っている夢です。それはどこか外国の知らない都市であったり、日本の山にならどこにでもある森の中だったり、時にはわたしたちの自宅の台所だったりもするんです。それがどこであってもあの人はただ帰りたい、帰りたいと言っています」

「ご主人は、どこに帰りたいとおっしゃっているんですか」

「この世界に決っているじゃありませんか。主人はどこか、別の世界にいるんです。たとえそれがわたしたちの家の中だろうと、そこはやはりこの世界ではない、どこか別の世界にある、わたしどもの家の中なんですわ。ベッドの傍につき添って寝たきりの彼を見ていますと、無表情ではありますけど、なんだかこちらの世界に帰りたがっているように思えてなりません。あの人の、あの鼻筋の通った細い鼻の尖《とが》った先端は、わたしのいるこの世界の匂《にお》いを嗅《か》ぎたくてしかたがないと言っているようです。彼の寝顔を見るたびに、今どれほど苦しんでいることかと思えて可哀想《かわいそう》でなりません。あなた。可哀想ね。あなたは今どこにいるの。わたしの知らない場所なのかしら。それとも、こちらに似た世界なのかしら。わたし寂しくてしかたがないから、早くこっちの世界に戻ってきて頂戴《ちょうだい》。あなたは苦しんでいるの。その世界であなたは何を考えているの。何を悩んでいるの。悩んでいるんでしょ。こっちへ帰りたいんでしょ。そこであなたは、どんなことをしているの。もしかして、こっちの世界への出口を探しているのかしら。ねえ。何か合図できないのかしら。もしできるのなら、なんでもいいから、お願い、合図して頂戴」

「ご主人が寝たきりになられてからもう十年経ちますが、その間にさまざまな診療機械の進歩がありました。ご主人の行為が細部まではっきりとわかるようになったのも、その進歩のひとつです。そして不思議なことですがご主人の肉体はここ十年、まったく衰えを見せておりません。今朝がたなどは脊髄《せきずい》の射精中枢《ちゅうすう》を示す機械に、はっきりとした反応が見られました。射精反射があり、つまり精巣上体尾部に律動的な収縮が発生して、精管を通り、膀胱《ぼうこう》の近くにある精管膨大部というところへ移動し、そして射精に到《いた》ったのです。これらはすべて観察機器、計測機器のみによる判断で、もちろん実際には射精などされてはいないのですが」

「それじゃあの人は別の世界にいる誰かに向けて射精したとおっしゃるんですね。ああ、もしそれが本当なら、あの人は別の世界にいるわたしに対して性行為をしたに違いありませんわ。だって今朝がた、わたしは彼に抱かれている夢を見たんですのよ。ああ。それは疑問だというような顔をなさらないでください。そうに違いないんですから」

「お気持はお察しします。お寂しいことと思います。奥さんは今、どなたかとご一緒に生活なさっているんですか」

「いいえ。もとのマンションでのひとり住まいです。あの4LDKのマンションです。会社役員をしている主人の父が生活費を援助してくれています。あのマンションでひとりでいると、もう、寂しくて寂しくてなりません。いつも広いマンションの部屋から部屋を歩きまわって彼の面影を追い求めているんです。彼の思い出を探し歩いているんです。どれほど寂しいことか、どうぞお察しください。子供でもいればまだ、とも思いますし、彼が死んでくれていたのであればなんとか諦《あきら》めもついたのだと思いますが、あのような状態ではとても抛《ほう》ってはおけません。いつこちらに戻ってくるかわからないんですものね」

「中村と申します。飯塚先生が定年でお辞めになりましたので、今後ご主人の診療はわたしが担当することになりました。ご主人のことについてはすべて教わり、引継ぎも万全ですからどうぞご安心ください。それにしてもご主人が寝たきりになられてから、もう二十年以上になりますか。いやもう驚くべきことで、ご主人は肉体的にまったく老化なさっていません。身体のあらゆる部分が二十年以上前と同じ若わかしさを保っておられます。現実に運動などなさっていないのに、筋肉の衰えも見られない。不思議です」

「でもわたしは老《ふ》けてしまいましたわ。中村先生。二十年分、確実に老けこんでしまいました。彼がこちらの世界に戻ってきたとしても、わたしがわかりますかどうか」

「それはわかりますとも奥さん。奥さんはまだまだお若くてお美しくて」

「あの、気休めはおっしゃらないで。二十年前のわたしをご存知ないじゃありませんか。あの災害があったのはたしか先生の中学生時代でしたわね。わたしは心労もあって、すっかりお婆《ばあ》ちゃんになりましたわ。はい。まだマンションのひとり暮しを続けております。でも寂しさはそのままです。ああ、あなた、わたし寂しいわ、寂しいわ。いつ帰ってきてくれるの。あなたのことを取材し尽したのか書き尽したのか、最近ではマスコミも滅多にやってこなくなって。十年ほど前までは思い出したようにテレビや何やかやがやってきたんだけど、今はもう。あなたのことを忘れちまったみたいね。

あなたはそうやって、若い時のままの美貌《びぼう》を保って、冷たく上を向いたまま寝ているけれど、わたしの苦しみも想《おも》ってくださいな。あなたがこの世界に戻ってくるのをわたし待ってるのよ。再婚話もあったけど、もちろんお断りして。だってあなたを愛してるし、あなた以外の誰を愛することなんてできるもんですか。ああ、あなたいったい、どこにいるんでしょうね。あなたはそこで何をしているの。こちらにいた時と同じ、物流関係のお仕事なの。そしてあなたは誰か女性とつきあってるの。それはわたしなのかしら。そっちの世界でのわたしは、きっと若いままなんでしょうね。あなたはわたしを愛してくれているんでしょうね。ああ。もしそうだとしたら、あなたはこちらへ戻ってくるよりもそっちにいた方が幸福なのかもしれないわ。だってわたしより若いわたしがそこにいるんですものね。いいえ。いいえ。わたし何を言ってるの。混乱してきたわ。あなたはこっちへ帰ってこなければならないのよ。だってわたしが待っているんですものね。わたしは二十年もあなたを待ち続けているんですもの。そうよ。そうよ。わたしはそっちにいて、あなたと愛しあっている、わたしより若いわたしに嫉妬《しっと》しているわ。そんなことは許しません。そんなことは許しませんからね。でもまさかその女の人はわたしじゃなくて、別の人なのかしら。いいえそんなことはない筈《はず》よね。あなたはわたしを愛するって誓ってくれたでしょ。若い美人の女の子を抱いたりしていないでしょうね。そんなことは許されることじゃないわ。あなた。だから、ああ早くこちらに帰ってきて頂戴。帰ってきてくれさえすればいいの。何もかもそれで忘れてしまえるわ。どんなことがあったにせよ、あなたは帰ってくるなりそっちでのことを全部忘れてしまうのよ。そうに違いないわ。わたしも忘れてあげます。だから早く帰ってきて。お願い、帰ってきなさい。帰ってきて頂戴ったら。寂しいのよう。わたし寂しいのよう。死んでどこにもいないのならともかく、あなたがこの病院で、そうやっていつも寝ていると思うもんだから、よけい寂しいんじゃないの。あの、どこかその辺に、こっちへの出口みたいなものはないのかしら。その扉を開けてみてよ。その辺に、別の空間への入口みたいなものはないの。何かその辺に、ぽっかりと穴があいていないかしら。探してよう。探してよう」

3

このホテルの最上階から見える都市の光景にもそろそろ飽きてきて、ホテルを替えようかなあとおれは思う。あの大震災以後は必ずしも高層階がよいわけではないと知り、しかし低層階で眺望のよい部屋というのは数少ないのだ。おれが今までずっと暮し続けてきたようなデラックス・スゥイートはたいてい高層階にあるのだから。ルームサービスで朝食を摂ったあと、おれはホテルを出る。なだらかな坂道になった車道に接している幅の広い歩道は、まるで遊歩道のようだ。秋なのに空気は湿っていた。都心部の森はよく手入れされていて、こういうことをする人手だけはあるんだなあなどとおれは思う。坂を下り車道に出るともはや昼食時で、黒っぽい服装のキャリア・ウーマンたちが灰色の、あるいは茶褐色のオフィス・ビルから出てきて好みのランチを求めレストランを物色している。派手な色合いのブランド品を着た女もいるが、これとてOLなのであり、昔はこんな服装許されなかった筈なのだがなあとおれは慨嘆する。仕事は仕事でそれらしい服装でやってほしいもんだと思うのはおれの頭が、古いからか、今の世の中に合わないからか。

タクシーを拾い、千代田区にある大病院の名を告げる。運転手はバックミラーでおれの顔を見てから遠慮がちに訊ねた。「どこかお悪いんですか」

「いや。定期検診だよ」何やかやと理由をつけて病院通いをしなければ、時間が潰せないのだ。

「じゃあ、お元気なんですね」

「ああ、元気だよ」

ほっとしたように、運転手の運転はやや乱暴になった。

担当の女医は笠松と言って、やけに色っぽい中年の美人だが、色っぽいのはおれを診察している時だけじゃないかと思えることもある。おれを担当しているので、同僚の女医から妬《ねた》まれているとも言っていた。

「少しまた、脂肪がつきましたね」恥ずかしそうに彼女は言う。

「まったく運動してないからなあ」おれは言った。「最近は働いてもいないしね」

「いいご身分ですこと」皮肉のようではなく彼女は言う。「運動なさらなければ」

「嫌いなんだよ」

病院を出て銀座まで歩く。これだって運動のうちだろう。ふだんこれが運動などと思ったことはない。

虚栄の町銀座は虚栄の町のままだ。宝石店の数が増えていた。ビデオを売る店が銀座にもたくさん進出してきていた。古物を扱っている楽器店に入って大昔のジャズのレコードを物色する。スタン・ケントンが二枚もあった。プレイヤーの部品も買う。いずれも恐ろしく高価だが、他に買うものはない。時計は一週間ほど前に美濃部牧子という服飾デザイナーからフランス土産のヴァシュロン・コンスタンタンを貰ったばかりだ。

ホテルに戻ってプレイヤーを修繕し、スタン・ケントンを聴く。音を消して点《つ》けていたテレビに松平盛夫の真ん丸い顔が映った。死んだらしい。

夕食を一緒にしよう、満田寛治とそう約束していた。少し早いと思ったがホテルを出て今度は渋谷に行く。車の数は少い。渋谷は若い者が来なくなってから高級な店が増えた。夕闇の中を蝙蝠《こうもり》が飛んでいる。満田寛治といつも食事をするのは「向日葵《ひまわり》」というイタリア・レストランで、この店の客席はすべて間仕切りで区切られていて、片側一列にバーのカウンターがある。店の奥ではカウンターに四人か五人の女の客がひとかたまりになって何やら飲んでいるだけで、まだそれ以外に客はない。おれはいつものボックス席で葉巻に火をつけた。

「いらっしゃい」

初めて見る若いウエイトレスがテーブルの横に立った。おれの注文を聞きながらあらぬ方を眺めたりして、しきりにおれに対する関心のなさを誇示している。これも娘たちのいつもの反応だ。注文を聞き終ると彼女は笑顔を見せぬままに去っていった。

葉巻の煙や香りを嫌う様子もなく、カウンターから女がひとりやってきた。

「ちょっといいかしら」

そう言いながら向い側に腰をかけた。例によって年齢はよくわからないが目尻《めじり》には小皺《こじわ》があった。美しくなくもないが、贅肉《ぜいにく》がついた白い皮膚はいかにも柔らかそうだ。ブランド品の青いワンピースを着ていて、胸が開いている。彼女は紐《ひも》のついていない小さなバッグから札を取り出してテーブルに置いた。おどおどしながら、おれをうわ眼で見た。泣き出しそうな表情をしていた。

おれは訊ねた。「何だいこれ」

「わかるでしょ」縋《すが》るように言う。

好みの女では、まったくなかった。札は三十枚か、四十枚か、あるいはそれ以上ある。新札だった。

おれが黙っていると、彼女もしばらく黙っていた。

やがて小声で言った。「お願いです。抱いてほしいの。わたし寂しいの」

「いやだよ」おれはわざと冷淡に言った。

「これじゃ少いのかしら」

「そうじゃなくってさ、好きでもない相手だと、おれは不能になっちまうんでね」

「そうだと思います。こんなお婆ちゃんじゃなくても、お相手、いくらだっているんですものね。だから、ただ抱きしめてくれるだけでも、いいわ。抱いて寝てくれるだけでもいいんだから。あの、思い出に。思い出に」泣いていた。

「お連れさんかな」満田寛治がおれの横に立っていた。

女はすぐに札束を取り、急いでバッグに押し込んだ。「笠松先生や美濃部牧子さんによろしく」

彼女は捨てぜりふのようにそう言ってからおれと満田に軽く頭を下げ、少しよろめく足取りでバーに戻りカウンターに倒れ込んだ。周囲の女たちがこちらを横目に窺《うかが》いながら彼女を慰めるような仕草をしている。しばらくその様子をおれと一緒に眺めていた満田が、女のいた席についた。

「また口説かれてたな」満田は都会育ちのおれと違って頑丈そうな肩をし、胸板も厚く首も太い。

「うんざりだ」おれは言った。「昔ちょっと出た映画だかテレビドラマだかを見て、おれが優しいと思い込んでいる」男優でもないのに、出演させられたのだ。

満田は笑った。さっきのウエイトレスがやってきたので、おれがもう注文したかどうかを訊ねてから自分の好みの料理を注文する。ほとんどおれと同じメニューだった。この店の前のオーナーが死んだあと、娘がそのレシピの一部を忠実に守っているので、旨《うま》いものと不味《まず》いものの差が激しい。

「松平盛夫が死んだ。知ってるか」満田はパイプを出し、火が水平に出るパイプ用のライターで火をつけ、吹かしてからゆっくりとくゆらせた。

「ああ。さっきテレビで見たよ」

「おれは三回ほど逢っただけで、よく知らないんだ。何しろ彼、大阪だものな」

「いい男だった」

「もっと長生きしてほしい男だった」

「しかしもう八十九歳だったそうだぜ」

「周囲はもっと長生きしてほしかったらしくて、懸命の延命治療をやったらしい」

おれたちはしばらく松平盛夫の話をした。料理が来たので食べながら、今度は満田の日常を訊ねた。「まだ工業大学へ教えに行ってるのかい」満田は建築家だ。

「ああ。だけど実際には、課外授業としての大工や左官を教える方が多い。女にそんな技術を教えるのはたいへんだぞ」

「そうだろうな」

「ときどき病院から呼出しを受ける。お前さんはどうしてるのかな。やっぱり精子を提供してるのかい」

おれは笑って首を振った。「もうご免だ。一回提供して三十万円は安い。命を縮めるもんな。金ならもう充分ある」

真面目《まじめ》な顔になって満田は言う。「だけどこれは社会貢献だぜ」
「精子は充分な数、冷凍されてる筈だ。何百億とな。何千億かもしれん」
テレビのクルーがやってきて、すみませんすみません、ちょっと撮らせてください
などと言いながらおれたちをカメラに収めた。
「出ようか」満田がうんざりしたような顔で言う。「満智子の店へ行こう」おれたち
は料理を少し食べ残して「向日葵」を出た。居場所を嗅ぎつけられるとマスコミが次
つぎとやってくる。
少し坂をのぼって雑居ビルに入る。エレベーターで三階にあがると全フロアーが
「MACHIKO」というバーで、この店はマスコミ人種お断りを売りにしている。
店内は黄緑色に染まっていて、カウンター内にはバックバーを背にし、いつものよう
にマダムの満智子が立っている。おれたちはさほど差しで話すこともないからカウン
ターに掛けた。カウンターには奥の隅にまだ学生と思える若い娘たちが数人いた。
「ご無沙汰《ぶさた》ね。今夜はお揃《そろ》い」満智子は嬉しそうに言う。黒いロングドレスを着てい
て、これからセレブのパーティにでも赴こうかという装《よそお》いだ。豊かな髪を頭上に束ね
ていた。男っぽい風貌なので若い娘たちが憧《あこが》れ、集ってくる。背後のボックス席にも
何組か客がいた。

「だからさあ。そこんとこがわからないのよう」おれたちを見てそんな話題になったらしく、カウンターにいる娘たちが遠慮のない声で喋《しゃべ》っている。「何なのよう、その、染色体のＸとかＹとかって」

「だからあ、ＸＹの染色体を持っているのが男で、ＸＸの染色体を持っているのが女で、そのＹの染色体を持っている男がいなくなったもんだからあ」

「最近の授業じゃ、遺伝をやらないのかね」満田は不思議そうにおれに訊ねた。

「女しか生まれてこないこんな状況だから、やっても無駄だと思ってるんじゃないの」そう言った満智子が娘たちの前へ言ってたしなめる。「こらこら、あんたたち。他のお客さんを見て話題にしないの。わかった」

「はあい」娘たちは意外に素直だ。

おれたちはフォア・ローゼズのプラチナをロックで飲みながら、ときどき満智子を相手にして喋った。

「だけど、女たち、よくやってると思わないかね」と、満田がなかば満智子に聞かせるように言った。「つまりその、職業によっちゃあ人手不足のところもあるが、だいたいにおいて、もとのままの世界を維持してるんだから、たいしたもんじゃないのかい」

「そう思うよ」おれは言った。「男優がいないもんだから、今じゃ女優が男の役をやってる。あれだって、男と見分けがつかない。たいしたもんだ」

「わたしにもお誘いはあったわ。男役をやらないかって」満智子が恥ずかしげに言う。

「男優は今でもいるけどな。たいてい老け役だ。九十を過ぎたやつもいる」そう言ってから、おれは自分がずいぶんつまらないことを言っているのに気づいた。「女たちがよくやってるって、そういうことじゃないよな」

「総理大臣から警官、自衛隊員に到るまで、よくやってるってことだ。男がやってたことと変らないし、仕事によっては女の方が優秀だったりする」満田が言う。「もちろんそんなことは、こういう時代になって初めてわかったことだけどな」

「そうよ。何よりも平和になったわ」満智子はいささか誇らしげだ。

「いやいや。女強盗だっている」おれは笑った。「つまりは昔とあまり変らないってことで、そこがまた凄《すご》いところだ」

しばらく沈黙してから、満田はぼそりと言った。「お前さんは、どれくらい貯金してるんだ」

「まあ、今の生活を百歳になるまでなら続けられる」がぶり、とおれはウイスキーを呷《あお》った。「もっと早く死ぬだろうがね。今八十二歳だから、あと十年くらいは」

「おれが八十三歳だから、お前さんが最後の男の年齢になるな」

おれは頷いた。「ああ。八十二歳未満はいない。この間まで何人かいたけど、死んじまった。今はもう、おれと同い年の男は全世界で百人足らずだ」

満田が首を傾げた。「おれたち、いい時代に生まれたのかな」

「いい時代に決ってるじゃないの」と満智子が言う。「もてもてで、働かなくても女が貢《みつ》いでくれて、皆に大事にされて」

「だけど男たちは早死にしてるんだぜ」満田は不満そうだった。

「あれは、結婚したからだと思うね」おれは言った。「する必要なかったのに。お前さんも真面目だから一度結婚したけど、早く別れてよかった。真面目なやつが早く死ぬんだと思う。お前さんは今、サッカー選手と一緒らしいな。この間、テレビで見た」

「若くて力があるから、老後は介護してくれるだろうと思ってね。スポーツウーマンだけあって、悪気のない、いい娘だよ」目尻が少し下がった。

ずいぶん飲んだらしい。もう十二時に近かった。

「そろそろ帰るか。お前さんのマンションは近くだったな」おれは満田を促した。

「この時間を過ぎると酔っぱらいが増えて、また抱きつかれたりするから」

「そうだな」満田は立ちあがった。「帰ろうか」

勘定はいらないという満智子に無理やり多いめの金を渡して店を出ようとすると、客の娘たちが声を揃えた。「おやすみなさーい。さようなら」

「ああ。さようなら」

だらだら坂はだいぶ人通りが少なくなっていた。照明も半分ほどに落ちていた。パトロールの警官がふたりやってきて、おれたちを見ると顔を見合わせ、近づいてきた。

「お二人とも、大丈夫ですか」

彼女たちが意外に美人だったので、おれたちも思わず顔を見合わせた。「ああ。大丈夫だよ」

「そうですか。気をつけてお帰りください」

例の酔っぱらいの抱きつき魔のことを言っているのだろうとおれは思った。

「美人だったな」おれは小声で満田に囁《ささや》きかけた。

「やはり美人というのは、男のいない世界じゃ頭がよくなって、しっかりするんだ」

と、満田も言った。

おれは振り返り、彼女たちのうしろ姿に声をかけた。「おうい。お嬢さんたち」

振り向いたふたりに、おれは言った。「おれたちが死んだあと、よろしく頼むよう」

ふたりの警官は顔を見合わせた。それから敬礼をし、声をあわせた。「はあい。頑張りまあす」

4

「記録ではゴールインしていませんね。三十七番でしょう。ええ。記録にはありません。脱落ですかね」

「えっ。ゴールインしていないんですか。していないんですね」

「知らないよ。そんな人」

「で、まだ家にも帰ってないんですか。わかりました。調べます。ああそれから、一応は警察にも連絡しておかれた方がいいと思います。はい。わたしどもの方からも報告しておきますから。ええ。これはだって、公式記録にもなるわけですから」

「ああ。お母さんですね。昨日国際女子マラソンの事務局から報告を受けています。娘さん、どうしたんでしょうね。はい。現在捜索しています」

「だから掃除しとけって言っただろ。釘《くぎ》を踏み抜いた選手がいたんだ。いくらよろけたって、瓦礫のとこまで行って足突っ込んだりはせんだろうが。はいはい。こちら国際女子マラソンの事務局。え。招集かけましたよ。折り返し地点と給水所の全員に。ゴールの記録係にも」

「被災地のこの辺でマラソンやるの初めてですからね。沿道には応援する人がたくさんいましたから。そりゃあ、誰か見てるでしょ。横道に逸《そ》れるったって、まさか、そんなこと誰もしないでしょう。そんな選手はいませんよ」

「ゼッケン三十七。浜口亮子さんですね。登録はされていますし、スタート地点でも確認とれています」

「亮子、走るの楽しみにしてたんですよ。いいえ、どんな様子もこんな様子も、ただ走るのだけが楽しみの娘でしたから。トップになる自信だってあったみたいですよ。前回は十位に入ってるくらいですから」

「折り返し地点は通過してます。ええと、第二グループでした。だから十五番めか十六番めですね。あの小柄な選手でしょ。憶《おぼ》えてますよ。浜口さんって、以前も出場されてましたよね」

「そこが不思議なんですよね。交差点で間違って横へ逸れるなんて考えられませんよ。人がいた筈だし、たまたま人がいなかったにしても、ずっと直線コースですから後方の他の選手が目撃していないなんて状況はなかった筈ですからね」

「でも何か原因がある筈です。彼女のことを知っている選手もいると思います。彼女がどんな様子だったかも皆に訊《き》いてみた方がいいでしょう。ああ外国の選手。それはちょっと訊くの無理かな」

「おれのいた給水所には立ち寄らなかったと思う。浜口亮子なら知ってるもん」

「ゼッケン三十七でしょ。小柄な人でしょ。寄りましたよ。ペットボトル持って、それからあめ玉一個取って走って行きました。水飲んでから頭にかけてました。さあ何番めだったかなあ。第三グループのちょっと前だったかなあ。ひとりでしたよ」

「へええ。マラソンで疾走してて失踪《しっそう》、だなんて。あはははははは。あっ、ご免なさい。駄洒落言っちゃった。いやいや。おれ、知りません」

「はいはい。スタート地点で合図待つ間、ほんの少しだけど話しました。可愛《かわい》い子だったから、わたしから話しかけたの。でもほとんど何も喋ってくれなかったなあ。なんか強い眼をして、街道のコースの方をぐっと睨《にら》みつけてさ。ちょっと寂しそうだった」

「そう言われてみれば、少し落ち込んでいたかなとも思えるんです。だいたいあの子、おとなしいから。それに、実は、災害時に好きだった友達を亡《な》くしてるんですよね。二人いた友達ふたりとも。それ以来、ちょっと鬱《うつ》状態だったんです。でも、練習を始めてからは目標ができて、ずいぶん元気になっていたんです」

「赤いシャツの子でしょ。ええ。しばらく並んで走ったわ。折り返し地点の百メートルぐらい手前だったかなあ。ちょっとハイになってたみたい。違うわよ。ランナーズ・ハイよ勿論《もちろん》。わたし抜かされて、彼女、第二グループのうしろへついて行ったわ。コンゴの選手のうしろについて。さあ。おかしなとこなんてなかったなあ。呼吸も二呼吸式で乱れてなかったし」

「何度もすみません。確認ですが」

「そんなことないって。たとえゴールへ三人四人かたまりになって入ったって、ちゃんと記録とってますよ」

「じゃ、あなたのすぐ前にいたのは、どれくらいですか」

「ほんのしばらく。わたしすぐ追い越したから」

「さあ。知らないなあ、そんな子」

「ああ。また出場したんですね、いや。亮子のコーチは半年前にやめました。もう走りたくないって言うもんだから。好きな男性ができたらしいってことはなんとなく知ってましたよ。練習があるからあまり交際している時間がなくって、それでやめたんだろうと思います。だいぶ説得したんだけどね。以来、ケータイにもメールにも、まったく連絡なしです。こっちからもしないしね。いや、その後は特定のコーチについてなかったんじゃないかな。知らないけど」

「先頭集団へ行きたいみたいだったわね。あるいは第二グループから離れたかったのか。あの子なんだか、ひとりで走るのが好きだったみたいよ。そんな子、よくいるの。ええ。わたしは第二グループにいたんだけど、あの子はあとから来て、しばらく一緒に走って、折り返し地点を過ぎてから抜け出したわ。そのあとはうしろ姿を少し見ただけ。韓国の選手と競ってたみたい。それからはいつもみたいに先頭集団がばらけはじめたし、第二グループもばらけて、そのあとあの子の姿も見ていないわ」

「そんなおかしなことがあるもんか。それじゃまるで、誰もが見ていないちょっとの間に突然消え失せたみたいじゃないか」

「わたし知らないんです。わたしは亮子の友達のそのまた友達ってところなんですほんとは。その友達が、亮子と仲の良かった友達が二人とも災害で死んで、それからです、亮子が落ち込んだの。わたしは死んだ子たちのかわりみたいに、亮子からケータイやらメールやら、貰《もら》ってました。なんだかそれはもう、物凄く寂しそうで、メールの文章読んでるだけで凍りつくみたいな寂しさが伝わってくるもんだから、わたし怖くなって。ええ、それはもう、怖いほどでした。だからわたし、しぜん返事も出さないようになって。あっ、でも一時、ちょっと元気になってたかな。恋人ができたとかで。練習があるからなかなか逢《あ》えないって。それからすぐ別れたみたいね。それでまた鬱みたいになって。わたしが連絡しなくなったの、そのすぐあとです。わたし悪いことしたのかなあ」

「恋人ですか。いいえわたしは存じません。でもそう言えば思い当たることも。ケータイで話しているところを洩《も》れ聞いただけなんですけど、あれはやっぱり男性からだったんでしょうかしらね」

「フィニッシュの何キロくらい手前になるのかなあ、あそこ。三十七番のあの子、見てますよ。えっ。おれが最後の目撃者だなんて、おどかさないでよ。責任重大だなあ。折り返し地点よりも前にいた人で、見ていないって人もいるんでしょうが。おれの証言だけそんな重要視しないでよ。えーっ。影が薄かったかだなんて、なんでそんなこと訊くの。気持の悪い。存在感あったかどうかなんて訊かれたって、答えようがありませんよ。だいたい存在感って何なの」

「いやいや。ぼくじゃないよ。恋人なら他にいたんじゃないの。ぼくなんて、恋人じゃありませんよ。知りません。彼女がマラソンに出たってことも知らないんだから」

「練習してる途中で立ち止まって、海の方見てじっと考えこんでるの、見ました。浜口亮子ちゃんですよね。おとなしい、いい子だったんですけどねえ。お母さんもよく知ってます。どうしたんでしょうねえ。行方不明だなんて。可哀想にねえ。お母さんも寂しいわよねえ。親一人、子一人なんだものね」

「附近の、まったくどこにも見当りません。マラソンで走っているのを見たというのが最終の目撃情報であります。以後、誰も彼女を見ておりません。母親から聞いたところでは心当りのあるところ、県外にいる親戚《しんせき》やなんかですが、どこにも行っていないそうです」

「実は、夜、泣いているのを聞いたことがあります。わたしに聞こえないようにと、しのび泣きでしたけど。やはり失恋したのでしょうか。可哀想にねえ亮子」

「あのねえおまわりさん。海を見ていたって証言があるからって、海に入って死んだってことにはならんでしょう。だいたいどうやってコースから逸れたのか、その方が先じゃないんですか。そして、事務局で調べた限りでは、絶対にコースから逸れてはいないんですから」

「不思議な消失事件としてだいぶ騒がれてますけどお母さん、本当のところ、なぜ失踪したのだと思われますか」

「わたしに想像できることといえばただ、孤独だったからじゃないかということだけですわ」

5

狩谷真由美は夫のことを「あなた」と呼ばず、「高志くん」と呼ぶことにした。まだ二十歳代に見える高志をもう初老の自分が「あなた」と呼んだのでは、人前では不審がられるだろうし本人もいやがるだろうと思ったからだが、夫はどう呼ばれようがまったく気にとめていず、あいかわらず心ここにない、すべてに無関心な態度のままだった。

災害時の事故以来、病院のベッドで寝たきりになっていた狩谷高志が、突然起きあがったという報《しら》せを担当の中村医師から真由美が受けたのは、事故以来三十二年経ってのことだ。真由美はもう六十歳だった。病院へ駆けつけた彼女が見た夫は、今まで見舞に来るたびに見ていた、あいかわらず若わかしく、寝たきりになってからまったく歳をとらなくなっている夫の姿だった。ベッドの上で上半身を起した高志に声をかけても、かれは関心がなさそうに真由美をうつろな眼で見ただけである。「彼が起きあがっ「まだ、ほとんど何もお話しになりません」と中村医師は言った。

たという報せで病院関係者や大学の教授連が大騒ぎしてやってきて、何やかやと質問したのですが、彼はまったくの無反応で。いやいや。勿論意識はあります。ありますし、返事もなさるのですが、どうやら心はまだ、ほら、以前奥さんがおっしゃっていた例の、別の世界に囚《とら》われているらしくて、でもその世界のことも何もおっしゃいません。ただ質問に首を傾《かし》げたり、言葉にしても要領を得ず『さあ』とか『わからない』とかおっしゃるだけなんですよ」

真由美が話しかけても高志の反応は同じようなものだった。今までどこにいたのかと訊《たず》ねても、ぼんやり妻の顔を見て、おれ、寝ていたらしいね、などという返事をするに過ぎない。さらに問い詰めれば困ったように首を傾げて黙ってしまうのだった。

それでも夫は、今までいた世界のことを記憶している、真由美は確信とともにそう思っていた。時おり遠い眼をして宙を見つめるのは彼が以前のことを思い出している時に見せる、真由美にとってはよく知る表情だったからだ。それはあまりにもはっきりとした、強烈な体験であったがゆえに、口にして理解してもらえぬおそれと、表現する言葉が絶望的に乏しいことからの沈黙であろうと思えたのだった。

わたしはまだ若い。真由美はそう思うことにした。四十歳代に見えなくもない。高志と共に、彼にも思い出がある筈のマンションに今まで通り夫婦として住もう。

高志を引き取ると言い出した時、病院側は二、三日の躊躇《ちゅうちょ》ののちに了承した。三十二年前のような騒ぎはもうなかった。ほとんどのマスコミは高志のことを忘れていた。だから病院も彼のことを忘れることにしたのだったらしい。無口であること以外、彼が正気であることは確かであり、健康状態もまったく正常であると診断したのでもあったようだ。

ただ、もとの物流関係の仕事に復帰させることだけはあきらめなければならなかった。彼が以前勤めていた頃とはまったく違う社会になっていると思えたのだ。高志の実家からの援助はすでになかった。彼の両親がもう死んでいたからだが、真由美が友人のブティックで働かせてもらっていて蓄えはあった。高志はたいてい家にいてぼんやりしているだけで、それを退屈とも無為とも思わぬようだった。夫婦の営みがもとに戻ることもなく、性生活とは無縁になったように見え、そんな夫は真由美にとってむしろ安心できた。高志はあいかわらず若わかしい肉体を伴った端正な美貌を保ち続けていたのだ。

でもそれならわたしは彼を待ち続け、そしてこのまま子を産めないのであれば、ただむなしく老いてしまったのだろうか。中学生時代に合唱曲として習った「むなしく老いぬ」というスゥエーデン民謡を真由美は思い出した。

日ごと磯に　沖見る媼《おみな》
波の彼方《かなた》に　何をか恋うる
待てど待てど　帰らぬ我が夫《せ》
舟か破《や》れにし　舵《かじ》をか絶えし

あっちの世界で何があったのだろう。黙して語らぬからには、それは何やら悲劇的な物語だったのだろうか。食事の時や寝物語に真由美はくり返し高志から「別の世界」の思い出を訊き出そうとした。意識は働いていた、ということが医師や学者によって確実視されていることを知っているからか、別の世界にいたことを高志は必ずしも否定しなかった。ただ、よく覚えていないと言うだけだった。それでも時おり遠くを見るあの眼だけはいつまでもそのままだった。そしてある夜、いつになく根掘り葉掘り問い詰めたあと、寝ている高志が「みずえ」と呟《つぶや》くのを真由美は確かに耳にした。遠くを見るあの眼は寝言で洩らしたその「みずえ」という女性を、そう、「みずえ」は女性名に違いなく、彼はその女性を恋い焦《こ》がれているからに相違ない、と彼女は確信した。それもただ恋愛関係にあったというだけではなく、例えば結婚していたとかの、もっともっと深い絆《きずな》に繋《つな》がれていたのだと思えるのだ。

家にいることに夫が退屈していないとは言え、やはり真由美は機会あるごと彼を外に連れ出し、この世界の現実に馴染《なじ》ませようとした。社会に復帰させることだけを考えてではなく、時代に取り残されては可哀想と思うからでもある。行く先はデパート、ホテルのレストラン、コンビニ、公園、海岸、銀行その他、その他。

友人でもあるブティックのオーナーに頼まれてホテルの内見会へ出向くことになった真由美は、高志を伴って行くことにした。すぐに済む用件であり、そのあと最上階のレストランで夕食を共にするつもりだったのだ。高志には買ってやった三つ揃いのスーツを着せて青年実業家としか見えぬ装《よそお》いをさせ、自らもまた、誰にどう見られても母親とは思わせぬ、妻とも秘書とも見える若造りをした。

ロビー階でエレベーターに乗ると、あとから二人、男と女が乗り込んできた。彼ら二人は互いに無縁の知らぬ同士らしく、ケージの左右に分かれ、向きあって立った。ケージの奥に並んで立っていた夫の、すっ、と息を呑《の》んだ気配にその顔を見あげると、高志は乗ってきた女性に、今までには見せなかった強い視線を向けていた。それは二十歳代の清楚《せいそ》な女性で、勤務先の服装ででもあるのかモス・グリーンのスーツを着ていて、背はさほど高くなく、真由美と変らなかった。そして彼女は美しかった。ああ、この人、綺麗《きれい》な人には反応するんだ、真由美がそう思った時、高志は押し出すような声をあげて女性に言った。

「みずえ」

瑞枝、水絵、三津江、どんな字を書くのかわからないが、その女性があちらの世界で高志と深い関係にあったひとに似ていることは確かなのだろう。そして女性がその呼びかけにまったく応《こた》えない限りは、高志が共に過していた筈の、もう一つの世界の「みずえ」本人ではないに違いない、と、その時真由美は思った。

だが高志は狭いケージの中でほんの少し移動して、女性の前に立った。驚きから彼を制止できないでいる真由美の目の前で、夫は女性に話しかける。

「みずえ。ぼくだ。ここで何をしているんだ。ああ。逢いたかったよ。逢えてよかった」

女性は眼を見開いていた。まじまじと高志の顔を見ていた。それから救いを求めるように真由美を見て、向い側に立つ男性を見た。それまでふたりの様子を見ていた男性は、あきらかに諍《いさか》いごとを避けようとして、あわてたようにそ知らぬ顔で視線を逸らせた。

彼女は少し顫《ふる》える声で答えた。「わたし、みずえという名前じゃありません」

「高志くん」真由美はやっと声を出した。うわずった声が出た。「ご迷惑ですよ」

「ぼくを忘れたの」高志は誰への遠慮もなかった。それはまるで夢の中で言葉を発しているかのように、周囲とか現実とかへの斟酌《しんしゃく》から遊離した声音であり話し方だった。「あんなに長いあいだ一緒に暮したのに。ぼくたちはいつまでも、何年も何十年も若いままだった。行動を共にした冒険を覚えているかい。あれから親しくなったぼくと君とは、離れられなくなってしまって」

女性は見開いたままの眼で、話し続ける高志の顔を、まるで魅せられたかのように見つめていた。やがてはっと現実に戻ったかのような表情を見せ、「すみません」と、悲鳴をあげるように言った。「あなたのこと、わたし、知らないんです。ほんとに、知らないんです」そう言いながらも、高志を知らない知らないと主張する彼女の両眼からは、ふた筋の涙が流れはじめているではないか。

この人は高志を知っている。真由美はそう気づいて愕然《がくぜん》とした。高志を知らないと強調するのは、この世界に持つしがらみを手放したくないからではないだろうか。知らないのになんで泣くことがあろう。なんで高志の精神の異常を疑わず、ケージにいる男性や真由美に助けを求めないのだろうか。最初、高志の呼びかけに反応しなかったのは、この世界の現実に慣れて自らの過去を忘れてしまっていたからではなかったのか。高志は構わずに話し続ける。

「では思い出してほしい。ぼくたちの間にも前にもいろんな障害があっただろう。ぼくたちは二人してそれを壊し、それを乗り越えてきたんじゃなかったのかい。そして」

ケージが十一階で停り、ドアが開いた。男性がそそくさと降りる。しばらくためっていた女性はドアが閉まる寸前、小さく頭を下げてすみませんと呟《つぶや》くように言い、すばやくケージを出た。彼女はもっと上の階のボタンを押していたから、そこはあきらかに彼女の降りる階ではなかったのだ。あっ、待ってと叫んで彼女の後を追おうとする高志をうしろから、真由美は懸命の力で抱きとめた。大きくて力の強い高志をよくぞとめられたものだと真由美は思う。ここで彼を離しては大変という思いで必死だったのだろう。

完全にドアが閉まり、高志はそれ以上の動きを中断しておとなしくなり、真由美を振り返った。彼はつくづく不思議そうに真由美を眺め回した。今さらのようにこの女は何故《なぜ》自分の邪魔をするのか、この女は誰なのかと自問しているかに見えた。真由美には絶望の思いが湧《わ》いた。その失意を振りはらうように彼女は言った。

「あの人なのね。あの人だったのね」

たちまち高志はいつもの彼に戻った。首を傾げ、どう表現していいか迷うふりをしてそっぽを向いたのだ。無縁の人間になんで問い詰められることがあるのかと腹を立てている様子さえ窺われ、もう自分は何も打明けてもらえない赤の他人なのだということをつくづく思い知らされて、真由美はさらに深く絶望する。

十七階の内見会場でエレベーターをおり、高志を背後に待たせて接客の担当者とほんのふた言み言話す間に、彼はいなくなった。ふとうしろを振り返ればまさに忽然《こつぜん》と姿を消していたのだ。血の気が引き、あっと叫んで話し相手をそのままに真由美はエレベーター・ホールに駈《か》け出た。四基のエレベーターのドアはいずれも閉じている。階段を覗《のぞ》き、エレベーターでさっき女が降りた十一階に出て廊下を見るがそこは客室階であり、彼女がおりるべき筈ではなかったその階の廊下に当然、あの若い女の姿はない。ロビーへ降り、フロントに女の服装を述べ、モス・グリーンのスーツを女子の制服にしている会社がいずれかの階に入っているか、どこかで会合を開いているかと訊ねるが、フロントの男はかぶりを振るばかりである。

ホテルの中を二時間か三時間かけて歩きまわった真由美は、疲れ果ててマンションに戻る。もしや先に帰ってきているのではないかというあり得ない望みは当然、空《むな》しかった。彼女は病院に電話して高志の失踪を告げ、そちらでも高志を探してくれるよう中村医師に頼み、数少ない高志の遠い親戚に電話をかけた末、ついに警察へ電話をする。のんびりした警官の応答に業《ごう》を煮やし、携帯電話を切れば、見慣れた室内にしんとした虚無が拡《ひろ》がって行く。ベッドに倒れ伏し、真由美はただ泣くしかない。

何日経っても、何週間経っても、何か月経っても夫は戻らなかった。もはや病院へ行っても夫には逢えないのだった。病院も、親戚も、警察も、真由美の恐ろしいほどの悲哀をどうすることもできなかった。名乗ることのなかったあの娘の住まいも勤め先も行方も、そもそも何者なのかすら、まったくわからなかった。真実ひとりぼっちとなり、空虚が心を満たし、そして真由美は老《ふ》けていった。もう帰ってこないだろう、と真由美は思い、それを信じはじめた。いつまで待っても空しいのだと自分に言い聞かせるしかなかった。夫はあの女と共に別の世界へ旅立ったに違いないのだ。「むなしく老いぬ」というあの歌の最後が、たびたび真由美の中で大きく谺《こだま》して響いた。

ああ　哀れや　夫《せ》を待つ嫗《おみな》
磯に年経て　むなしく老いぬ

さらに十年が経過した。老婆《ろうば》となったその頃になってやっと真由美には、夫にとっての真由美のいるこの世界が、ほんのかりそめの世界でしかなかったことを理解することができたのだった。

教授の戦利品

蛇嫌いその一。彼は病的な蛇嫌いだった。ある日なに気なく寄席に入ったところ、前座の若い噺家《はなしか》が「蛇含草《じゃがんそう》」を演《や》りはじめた。最初は「うわばみ」の意味がわからずぼんやりと聞いていたが、話が進むにつれて彼の顔は次第に蒼《あお》くなり、やがて突然、笑うようなところでもないのにげらりげらりと笑いはじめた。周囲の制止のシッティングにもかかわらず彼は笑い続け、ついに真顔に戻って立ちあがり、直立不動の姿勢のまま前の席に倒れ伏して気を失った。

蛇嫌いその二。彼は病的な蛇嫌いだった。大阪の親戚《しんせき》を訪ね、夕食の相伴に与《あずか》りながら家人と共にテレビを見ていたところ、当時関西で人気を得ていたバラエティ番組のエンディングで、出演者全員が歌って踊る「お蛇蛇囃子《ばやし》」というものをやりはじめた。彼はがくがく顫《ふる》えはじめ、眼を見開いたまま画面を見つめ続けたが、蛇じゃ蛇じゃあ、にょろにょろ蛇じゃあ、蛇じゃ蛇じゃあ、にょろにょろじゃというところで遠《とお》吠《ぼ》えのような悲鳴をあげ、食卓を立って駈《か》け出し、壁に激突して気絶した。

蛇嫌いその三。彼女は病的な蛇嫌いだった。夏休みに友人たちと中国へ旅行し、共に飯店で夕食をとったのだが、コースの中ほどで出されたのは蛇料理だった。綺麗《きれい》に盛りつけられた大皿の中央で、青首立ててかっと大きな口を開いている蛇の首を見た途端、彼女はふんと吐息を洩《も》らし、顔から血の気を引かせて立ちあがり、食卓の上に卒倒して蛇料理の大皿に顔を突っ込み、蛇の首にかぶりついたのである。

もう二十年も前の話になるから平尾教授の逸話はなかば伝説と化していて、話す人によっても内容が違ったりしている。そうした何人かの話を寄せ集めても当然首尾一貫しないのであり、実にいい加減なものである。聞く人それぞれが自分の想像で話の繋《つな》ぎめの空白を埋めなければならない。

最初の断片は、ケアロワナチアカヘビに関する話である。ケアロワナとはティモールの東海上にある小さな島である。「学部長、ケアロワナチアカヘビというのをご存知でしょうか。ああ。それはもちろん平尾先生ならご存知でしょう。なにしろ爬虫《はちゅう》類《るい》・両生類研究室の長であって、この大学ほどの研究室は他校にありませんからな。でもまず学部長にご相談をと思いまして」

「ほう、ほう。珍しいことだねえ。製薬会社の人がいつもやって来るのは医学部や薬学部だとばかり思っていたんだが、理学部へいったいまた何のご用ですかね。いやいや、そんな名前の蛇などわたしは知らない。平尾先生に訊《き》いてくださいよ。わたしはあの人、苦手なのでね」

「あいつは羅漢製薬の社員でさ。悪いやつなんだよ。ほら。医学部へ入って行くだろ。医学部や薬学部の教授に大金を払って新薬のテストして貰《もら》ってるんだ。教え子はいくらでもいるからね。なかば強制的に検体にされるんだ。安い報酬でモルモットにされるのはおれたち学生だから、気をつけた方がいい。君なんか丈夫そうだから、お声がかかるよ。同時にふたつも三つも新薬服《の》まされて気が変になったやつもいるんだ」

「それが先生、このケアロワナって島は人口二千人の島でして、ここの住人が不思議なことに平均寿命が百歳以上、百十歳なんてざらにいるんですよ。その原因というのが、この連中が常食にしているケアロワナチアカヘビだというんですがね。おや。興味がおありになる。身を乗り出されましたね。あはあはあはあ。そうなんです。この島にはこのケアロワナチアカヘビがたくさんいて、実に旨《うま》いらしいんですな。ああ。人口二千人といったって出稼ぎに行く者も多いんですが、そいつら追跡調査したらやっぱり長命なんですよ。いやいや、この蛇は国外へは持ち出せません。ワシントン条約の対象でもあるんですが、それよりは住民が保護していて、観光客に持って行かれるのを極度に警戒しとるんです。わたしどももまだ入手しておりません。でも平尾先生なら学術目的の輸入承認証で難なくお求めに、いやいや、もうとっくに購入されているかもしれませんなあ」

「君の最終目的はそのなんとかチアカヘビから長命の薬を作ることなんだろうが、平尾先生に何させせようっての」

「はい勿論勿論《もちろん》その通りなんですが、とりあえずは平尾先生からこの蛇についていろいろお教え願いたいんですよ。生態とか飼育法とか形状大きさ、習性や価格や絶滅危《き》惧種《ぐしゅ》なのかどうか、その辺を詳しく教わってから入手を考えます。その時にはまた平尾先生にお助けいただかなければならないと思いますが」

　そうそう。それ以前の話として、教授会の話があった。おそらく時間的にはこちらの方が先だと思えるからだ。どんな内容の会議だったのかははっきりしない。なんでも平尾教授が定年を過ぎても辞めようとしないので、学部長はじめ教授全員が彼に引導を渡そうというような会議だったと言われている。その席へ白髪の平尾教授は、まだその頃は体長二メートル半だったアミメニシキヘビを肩に巻きつけて出席したのである。真正面に腰をおろした平尾教授の首の横から禍禍《まがまが》しい顔をのばして尖端《せんたん》の分岐した舌をへらへらと出し入れしている蛇を見て、学部長は失禁した。冒頭で述べた「蛇嫌いその一」とは、即《すなわ》ちこの学部長のことだったのである。もちろん「今わたしは小便をした」などという告白はしなかったので、これは隣席にいた教授の観察によるものである。彼はあきらかなアンモニアの臭気を嗅《か》ぎ、学部長のズボンの裾《すそ》から床に流れ出る黄色い液体を目撃しているのだ。

「そうそう。平尾先生にはずっといていただかなけりゃなりませんね」学部長は涙声でそう言ったという。「なにしろあの爬虫類・両生類研究室を平尾先生にかわって統括できる人材がまだ育っていません。理事会にはわたしから、平尾先生の留任を諮《はか》っておくことにしましょう」

ほんとに学部長ともあろうものがそんななさけない様子であったのかどうか、あくまで伝聞なので確かではない。また、そもそも教授会へ蛇を持ち込むような行為がなぜ許されたのかという疑問も生まれるが、これについてはさらに伝説を時間的に遡行《そこう》して語るべきであろう。そもそも平尾教授は蛇をからだに巻きつけたままでキャンパス内を歩き、授業に出ることで有名であり、蛇教授の名をほしいままにしていたのである。マフラー代りなのかと問われればそうではない、君、蛇は変温動物なんだよ、ほら、首に巻いてご覧、冷たくていい気持だよと蛇をとって相手の首に巻きつけようとしたりもするのだ。

羅漢製薬の社員が学部長の部屋へケアロワナチアカヘビの件でやってきて、学部長の了解のもと爬虫類・両生類研究室へ赴いた時、平尾教授はいなかった。教え子たちの卒業パーティに、相変わらず蛇を肩に巻いて出席していたからである。さすがに教授の教え子だけあってみんな蛇が大好き、この時の蛇はまだ三メートルほどにしかならないボアであったが、男子女子双方の卒業生からいちばんもてもてだったのはこのボア、愛称パスタ君であったろう。「この子の飼育、難しいんだよね」「最大で五メートル半にもなるのよ」

皆から撫《な》でられたり頬擦りされたりしているパスタ君を抱き、平尾教授はウイスキー・グラス片手にご機嫌である。そんなでかいボアを持ち込めるような「ペット同伴可能」の店とはどこの店であったのか不明であるが、実はそれ以前にも教授はアミメニシキヘビを首に巻いたままで入ろうとしたレストランでひと悶着《もんちゃく》起している。「お客さん。蛇はご勘弁ください」「しかし君、そこにペット同伴可能と書いてあるじゃないか」「それはそうですが、ほかのペットたちが怯《おび》えたり大騒ぎしたりしますので」

店員と押し問答しているうちにもニシキヘビは教授の肩に巻きつけていた体軀《たいく》を解いて床を這《は》い、店内へと入っていく。女性客が悲鳴をあげペットの犬たちが吠え、猫たちが吹き女店員が貧血を起し、マネージャーも蛇を捕えることができず、しかたなく平尾教授に哀願する。「あの、困ります。お願いしますから連れて行ってください」

「なあに。わしが抱いておればわるさはせんさ。困ることはない」そして教授はまた蛇を肩に巻いて奥の席にどっかと座ってしまうのだ。マネージャーが警察に電話したので警官たちがやってきたものの、やはり彼らにも手が出せない。教授の身許《みもと》を質《ただ》し、彼らは大学に連絡する。だが電話に出た学部長はこう言った。「その人には構わぬ方がいい。何をするかわからん人だ。ほっておけばおとなしくなさっているが、手を出したりすれば大変だぞ。何しろ三百匹もの大蛇を飼っておる人だから、臍《へそ》を曲げるとどんな大騒ぎを起すことやらわかりません」さわらぬ神に祟《たた》りなし。かくて教授はなんの咎《とが》めも受けず蛇と共にイタリア料理の昼食を楽しむことができたのだった。

さて卒業パーティがあった日の数日後、再度研究室を訪れた羅漢製薬の社員による懇願で、教授はケアロワナチアカヘビに関する知識を開陳してやり、学術目的の輸入を申請してやり、その後発行された承認証によってケアロワナ島に赴いた羅漢製薬の社員は一匹一千万円という法外な価格で体長三十センチにも満たない二十匹のケアロワナチアカヘビを購入し、日本に持ち帰ることになる。無論それらはいったん平尾教授の研究室に運び込まなければならない。会社では飼育できず、購入したのはあくまで平尾教授ということになっていたからである。

教授はまずこの蛇を繁殖させることから研究を始めた。生体解剖して各部組織の分析をするのはそのあとになる。羅漢は毎日のように研究室へやってきて長命成分の抽出はまだか、もしできないのであれば会社の研究室でやらせるから個体を何匹かいただきたいと急《せ》き立てたのだが、研究員たちによれば教授はとにかく繁殖が先だと突っぱね続けていたらしい。やがて教授に関する妙な噂《うわさ》が流れはじめる。ケアロワナチアカヘビを何百匹もに繁殖させた教授は毎日のようにそれらを食べているのではないかという噂である。「その証拠にさ、ほら、最近の平尾先生をご覧よ。血色がよくなって、歩きかたも話し方も以前よりずっと若わかしくなってるじゃないか。蛇を食べて若返ったに違いないとぼくなどは思うんだがね」教授や学生の間に広まったこの噂を聞いて羅漢は驚き、平尾教授に真偽を糺《ただ》したのだったが、つまらぬ噂に過ぎぬと教授は一笑に付したのだった。

そして約半年後の、あの女子学生の行方不明事件に話は飛ぶ。その娘の名は矢切香代。美貌《びぼう》であったとも言うしさほど美しくはなかったとも言われている彼女は、すでに文学部助教授のセクハラを糾弾したことで学内に悪名を馳《は》せていた。自らを被害者として助教授を告発し、それが事実だったのかどうかも糺されぬまま助教授を辞職に追いやったからである。ワンルーム・マンションで独り住まいの彼女の姿をキャンパスで見かけなくなってから二週間も経《た》ってやっと彼女の失踪《しっそう》が取り沙汰《ざた》されるようになったのも、親しい友人がひとりもいなかったからであろうなどと言われていたから、性格が悪くて皆に嫌われていたことは確かだったらしい。警察の捜査にもかかわらず彼女の行方は杳《よう》として不明であった。

理学部内の事情通によれば、彼女はなんと平尾教授に接近していたらしい。蛇を肩に巻いて学園の中央大通りを歩いていた教授に、英文科の矢切香代が「わたし蛇、大好き」などと言いながら話しかけていったという目撃者談がある。その後、若返った教授と彼女の間に性交渉があったのかどうかは不明だが、矢切香代が理学部の教授会に何か訴えていたことは事実だ。というより、むしろ理学部教授会が彼女をそそのかしていたというのがより真実に近いようである。当然そこには羅漢の思惑が搦《から》んでいる。偽りの手段によって特定外来生物を手に入れようとしている羅漢は二億円の蛇購入資金返却を求めて教授を訴えることすらできないため、もし蛇もしくは金を返さないのであれば矢切香代に対するセクハラを公表すると言って教授を脅すつもりであったようだ。教授を辞職させたくてしかたがない教授会もこれに便乗したのであったろう。矢切香代の失踪はそんな陰謀が進行中のことであった。

矢切香代は平尾教授が蛇に呑《の》ませた、という噂が立ち、そんな噂が立っているのに抛《ほう》っておくわけにもいかず、警察は教授を参考人として出頭させることになる。まさかと思っていた警察のそのまさか通り、教授は三メートル半にまで成長したパスタ君を肩に巻いて警察にやってきたのだった。担当刑事は驚いて、そんなものを取調室に入れるわけにはいかんからと教授を説き、空室になっていた別の取調室で一時保管することとなる。ところがそんなものがいるとは知らず、別の事件を担当している刑事がこの取調室へ容疑者を連れ込んだのであった。

それがどんな事件の容疑者だったのかは判然としない。殺人や強盗などではなく、ややドメスティックなちょいとした犯罪であったというが、これは噂を広めた者たちがそんなことはどうでもよく、その取調室で起ったことにしか興味を持たなかったからであろう。窓を背にして刑事と向かいあったその容疑者は、入ってくる時には気づかなかったボアのパスタ君が、まだその存在に気づいていない刑事の背後、ドアのすぐ横でとぐろを巻いているのを見て、恐怖のあまり眼を丸くすることもできず、大声で叫ぶこともできず、失神することもできず、がたがた顫えることもできず、つまり通常と何ら変ることのない様子のままであったと言う。これは逆に、彼の恐怖がいかに大きかったかを物語る反応だったわけであり、実は冒頭で述べた「蛇嫌いその二」とは、即ちこの容疑者のことだったのである。

教授会に於《お》ける学部長然《しか》り、この容疑者然り、どうも蛇嫌いにとって蛇から睨《にら》まれるということは、自己の守るべき物事を抛棄《ほうき》してしまいたくなる衝動を惹起《じゃっき》させるもののようである。それが大蛇であった場合は特にそうなのではないか、代理失禁とも言うべき行為なのではないかと言われている。容疑者である彼はまだ刑事の問いかけもないうちに、たちどころに自白した。はいわたしがやりました間違いございませんわたしが悪うございましたわたしは悪いやつでございます何もかも申しあげますすべてわたしのやったことでございますどうぞ罰してください。べらべらと喋《しゃべ》り続ける容疑者を不審に思い、振り返ってやっと蛇に気づいた刑事が大声をあげると、その声をきっかけに容疑者は白眼を剝《む》いて椅子《いす》ごと仰向けに倒れたのであった。

一方、別の取調室で対面した教授と担当刑事の問答については、記録を手に入れた者がいたので詳細がわかっている。以下はその一問一答である。

「平尾先生は都内のマンションにひとりでお暮らしですが、奥様はおられないのですか」「いたんですがね、蛇に吞まれちまって、というのは嘘《うそ》、嘘。あはははは。若い時に死にました」「すると今はもう、ご家族はおられない」「いやいや、ひとり息子は医者になりまして、四十歳にもなるのにまだ独身のまま別のマンションで暮しております」「先生のお住まいのマンションはずいぶん広いと聞いておりますが、そこでも蛇はお飼いになっておられますか」「研究室で飼っていたアナコンダが、ずいぶん大きくなってしまいましてね。研究生たちの手にあまるというので、マンションに引き取りました」「ほう。アナコンダ。そいつはずいぶん大きくなるんでしょうな」蛇の話になると常に眠たげな教授の眼は生き生きと蘇《よみがえ》るのである。「トラックで研究室から持ち帰る時は大変でしたなあ。何しろもうすぐ十メートルになろうかという体長で、しかも同じ体長のニシキヘビより胴回りも太いし体重も大きい。何しろ君、食うものはというと鶏、兎《うさぎ》。さらには豚なんてものまで丸呑みにしてしまう。南アメリカ産だが、現地では牛を呑んだという記録もある」「ほうほう。牛を呑みますか。するとと人間も呑むことができるんでしょうな」「そりゃあできるとも。実際に子供を呑んだという事実がある。気性が荒いから、大人だって絞め殺された者はたくさんいる。もし腹を減らしているアナコンダなら大人だって呑むに違いないね。だいたい牛一頭呑んだら、そのまま半年くらいは何も食わなくていいんだ」

「矢切香代という女子大生を先生が蛇に呑ませたという噂もあります。先生がセクハラしたことを公表すると言って先生を脅迫したからだと言われていますが、もしそうだとしたら例えば彼女をアナコンダに呑ませるなどは先生なら可能ですね」「もちろん可能だろうね。まあ三か月も餌《えさ》をやらなければ人を襲う筈《はず》だ」「先生が襲われる怖《おそ》れもあるわけですが、いつもはどこで飼ってるんですか」「あいつは地上と水の中の両方で生活するから、バスルームを改築して、木の枝を天井に這わせ浴槽に水を張っている。絶食させているうちは勿論わたしだってバスルームに入るのは危険だ」

担当刑事の眼が見開かれて光りはじめる。この先生は蛇がらみで話せば何でも喋ってしまうようだ。舌なめずりしそうな表情で刑事は質問を続けるのだ。「ではでは、では矢切香代をマンションに呼んで、その浴室へ行かせれば、彼女は確実に蛇の餌食《えじき》じゃないですか。いったい蛇というのは、どういう具合にでかい動物を、いや、特に人間を、どのような方法で呑み込むんですか。ずばりそれが矢切香代であったとするならば、そのアナコンダはどのようにして彼女を呑み込んだと想像なさいますか」

平尾教授も嬉《うれ》しげに眼をぎらぎらと光らせはじめ、それが刑事と向きあっているさまはさながら二基のサーチライトを向かい合わせに置いた如《ごと》くである。「ああ、それは君、想像するだに楽しく愉快なことだねえ。まず家に招いた彼女がトイレに行きたい、あるいは化粧を直したいというのを待ち、バスルームへ行かせる。彼女が入れば外からドアに鍵《かぎ》をかけてしまう。ひひひひひひ。矢切香代はアナコンダに気づいて悲鳴をあげる。あるいは仰天のあまり声もなく、ひたすら蛇を凝視し続けるだけかもしれないね。ああ。悲しいことなのだが人間は昔から捕食される動物だったんだよ。天敵に睨まれるともう足がすくんで逃げることはできず、哀れにもただ食べられるのを待つばかりなんだ。アナコンダは香代ちゃんの胴体にからだを巻きつけ、そして締めつける。どえらい力でな。これは相手の骨を折り、食べやすくするためだ。香代ちゃんは悲しげに悲鳴をあげ、苦痛に歪《ゆが》んでいた顔はやがて死を覚悟した真顔になる。まず強い圧迫によって大きく放屁《ほうひ》してから腸内にある大量の大便をぶちゅらぶちゅらと排泄《はいせつ》する。直腸が出てくるかもしれんな。勢いよく絞めつけるのではないから眼球が飛び出すということはないが、口からは内臓がピンク色の風船のように膨らんで出てくる。そしてぱあんと破裂、いやまあ破裂はしないだろうがね。次いで肋骨《ろっこつ》が音を立てて折れ、内臓破裂で香代ちゃんは可哀想《かわいそう》に死んでしまう。最後にいちばん大きな骨盤を真ん中からぱきとふたつ折りにしていよいよ呑み込むわけだが、呑む時は必ず頭部からだ。香代ちゃんの頭がアナコンダの大きく開いた口の中に消える。ああ。あの子の頭が消えてゆく。次いで肩、手と胸、腹部、女性の大きな尻《しり》、最後に足が呑み込まれて香代ちゃんは完全に消えてしまう」

「まるで見ていたように話されますなあ。いや私としては先生がその情景を見ていたものとしか思えません。きっと見ておられたのでしょう。そんな面白いものを先生ともあろうかたが見ておられなかったわけはありませんからね。大蛇が被害者に巻きついたあたりで先生はドアを開け、浴室に入って一部始終を見ておられたんです。では矢切香代を先生は蛇に呑ませて殺害なさったわけだ。それはお認めになりますね」刑事は机に身を乗り出して言う。「お認めなさい。いやもうお認めになったも同然です。あなたを殺人罪で逮捕します」

教授は笑顔を捨て、冷たい眼で刑事を見ながら吐き捨てる。「ふん。君は刑事のくせに客観的な法益侵害がない限りは逮捕も起訴もできないってことを知らんのかね。死体が発見されない限りは殺人事件として認知されることはないんだ」「しかし今、あなたがおっしゃったことは自白と言っていいでしょう。今さら想像だなどとは言わせませんぞ」「刑事ともあろうものが何を言っておる。客観的証拠がなくては、たとえわたしの話が自白であったとしても、それは架空の事件についてのものだ。自白のみでは有罪になり得ないとする『補強法則』といって、信用性もなければ証拠価値もゼロなんだよ」刑事は悔しげに唇を噛《か》む。

やがて彼は顔をあげた。「さっきあなたは言いましたね。牛を一頭呑んだら、半年くらいは何も食わなくてすむと。その間牛は蛇の腹の中で消化されないまま残っているわけでしょう。では今からそのアナコンダを解剖すれば、矢切香代の何らかの痕跡《こんせき》は見つかる筈ですよね」

「もう何週間も経つんだから、解剖しても何もないだろうね。ほとんど消化されていて、何か出てきたとしてもそれが矢切香代のものだと特定することは難しい。もし解剖して何も出てこなければ今なら数百万円にもなるアナコンダの代金を払ってもらわなきゃならんが、君には払えるのかね」刑事はまた唇を噛む。教授はまた笑顔になる。「そんなことはどうでもいいんだ。わたしにとってあのアナコンダは、エンド君という名前をつけたくらいで、わたしの最期《さいご》に関係してくる大切な存在なんだよ。わたしくらいの歳《とし》になれば、もう怖いものは何もない。蛇を首に巻きつけた老人とあっては尚更《なおさら》で、ことさら害を加えようとするものもなく、たいてい敬遠されるだけなのだが、それはそれでまた、退屈なものさ。そこでだ、わたしがうっかりしてエンド君に呑まれる、という災害を、限りない可能性を秘めたまま世界中に散在している自然災害のひとつとして期待し続けることがわたしの生き甲斐《がい》だ、むしろ死に甲斐かもしれんと言えば驚いてくれるかね。わたしが愛した爬虫類や両生類の中でもいちばん愛したあのアナコンダのエンド君に呑まれるというのはわたしにとって、締めつけられる苦痛も勘定に入れてのことだが大いなる喜びなんだよ。時おり兎を一羽やるくらいで彼を常に空腹状態にしておけば、青天の霹靂《へきれき》、突如襲われることだってあろうじゃないか。わたしの肉体を彼に提供する最後の喜びの瞬間をわたしは今から待ち望んでいるんだよ」

「それほどまでに」吐息とともに感嘆の面持ちでそう洩らしたきり、刑事にはもう言葉もない。

無罪放免となった平尾教授はそれからも若返り続ける。以後、最後のエピソードが流布《るふ》されることになるのは何か月か経過してのちのことだ。教授のひとり息子である耕造氏は大学病院に勤務していたのだが、その前にひとりの女性があらわれる。前野汐里《しおり》という看護婦であり、この女性は富裕な医師と結婚したいという貧乏な家庭の娘にお定まりの夢を抱いていたのだが、まともな手段では覚束ぬというので耕造氏と性的関係を結び、結婚を迫ったのであった。よくある話だが耕造氏にとっては前途に影響する深刻な問題だ。思い余って父親である平尾教授に相談し、前野汐里という娘についていろいろ説明しているうち、彼女が病的な蛇嫌いであることを知って教授の眼はぎらりと光った。冒頭で述べた「蛇嫌いその三」というのが、この前野汐里なのである。

家へつれてこい、と教授は言った。婚約してやるから父親に会わせる、六月生まれだというのなら誕生祝いをしてやるでもいい、その看護婦をこのマンションへつれておいで。まさか、あの父さん、またあのアナコンダに呑ませるおつもりじゃないでしょうね。耕造氏はメタルフレームの眼鏡をかけた神経質そうな眼をまん丸にして言う。

前みたいに、女を蛇に呑ませたなんて噂が立っては、ぼくは病院にいられなくなります。あははははは。心配ない心配ない。彼女の方が逃げ出すようにしてやるから。

誕生祝いをしてあげる、ついでに父親にも会わせる、そして婚約を許可してもらおうという耕造氏のことばに釣られて大喜びの前野汐里は教授のマンションにやってきた。ダイニング・キチンでの対面のあと、バースデー・ケーキで祝ってあげようと教授は室内をうす暗くする。ほどなく天井の明りが灯り、テーブルの上の大きなケーキを汐里は見る。血のように赤い無数の蠟燭《ろうそく》が表面に立っているのかと思えば、おそらくは教授が食べたのだと想像できる数十匹のケアロワナチアカヘビが首だけになってケーキに林立していたのだ。前野汐里は、ふん、と吐息を洩らし、顔から血の気を引かせて立ちあがり、食卓の上に卒倒してケーキの表面に顔を突っ込み、ケアロワナチアカヘビ何匹かの首にかぶりついたのである。それ以後、彼女の姿は大学病院から消えた。

アニメ的リアリズム

バーのカウンターは波打ち、蛇行し、彼方《かなた》を見るとどこまでも続いている。カウンターに向かって掛けている雄の虎《とら》や山羊《やぎ》や羚羊《かもしか》や眼鏡猿や狸《たぬき》や、雌の豚や狐や儒艮《じゅごん》たちがカウンターの動きにあわせて上下しながら首を左右に向けては何か喋《しゃべ》っている。吼《ほ》えるように笑い出すやつもいた。

高い椅子《いす》のパイプの足がひっきりなしに曲がりくねるため、おれは落ちないようにずっとカウンターにしがみついている。そんなおれを見てバックバーの前のマスターが幾分心配そうにではあるが笑っている。マスターの顔は福助のように横へ拡《ひろ》がったかと思うと突然縦に伸び、風呂場《ふろば》妖怪《ようかい》の垢《あか》なめみたいに長い顔になったりする。

その背景、バックバーに並ぶ洋酒瓶はそれぞれの形や色彩を誇示し、おれの視線を感じた瓶が順に前へ出てきて膨れあがり、引っ込んでは隣の瓶と交代する。彼らは迫《せ》り出してくるたびに産地の文字で書かれたラベルを光らせ、自分の名乗りに替えて各国の歌を歌うのだ。黒人女と七面鳥とカテリーヌ女王が歌い、シルエットの紳士と海賊船の船長がタップを踏み、野牛と白馬が駆け、南米の楽団と舞踊団が打楽器を打ち鳴らして薔薇《ばら》の花と共にマリアッチを踊るのである。

何杯飲んだかわからなくなってきた。ハイボールのグラスがカウンターの傾きに応じてあちこち移動するので摑《つか》まえるのが面倒になり、帰ることにする。マスターに帰ると告げるが聞き取れなかったようだ。まだ耳が遠くなる歳《とし》でもあるまいにと思う。椅子からおりようとしたが、下を見ると床が十メートルはあろうかと思うほどずいぶん遠くにあり、このまま椅子をおりたのでは落ちると思って、カウンターにしがみついたままで片足ずつ下へ伸ばす。

「松ちゃん。そんだけ飲んでいて、まさか車で帰ったりしないだろうな」マスターが笑いながら言う。

変なことを言うマスターだ。車で帰るしかないじゃないか。マスターの顔が肩の上に並んでふたつ乗っている。そんな変な顔になったからこそ言うことまで変になったのだろうな。床に立つが、床の緑のカーペットが突然ランニング・マシンみたいに動いたりするので直立できない。テーブル席にいた殿様蛙《がえる》と海驢《あしか》のアベックがテーブルごとおれにぶつかってきた。

「こら。危ねえな」

おれがそう言うと海驢があきれたような顔をして言った。「そっちからぶつかってきたくせに」

通路の果てのドアは四、五百メートル彼方にあり、しかも床がこちらに向かって大きく傾いているらしく、たどりつくのはひと苦労だった。まるでおれが店を出るのを諦《あきら》めさせようとしているかのように、ドアはおれの前でいやいやをし、左右に身をかわした。ノブを摑もうとすると、今度はおれにぶつかってきた。ドアに鼻を打たれ、おれは呻《うめ》いた。

「松ちゃん」マスターが心配して鈴なりの首を揺らしながらカウンターから出てきて言った。「大丈夫か。ひとりで帰れるか」

「これ、もっと素直なドアに替えろ」と、おれは言ったが、マスターには通じない。やはり耳が遠くなっているようだ。

「気をつけてな」

心配そうなマスターの声を背に、おれは傾いたバーを出る。何が心配なのだ。何に気をつけるのだ。なんだか酒を飲んで運転するのがいけないことのような言いかたをしていたが、なんでいけないのかさっぱりわからん。変なことを言うマスターだ。今ほど頭が冴《さ》えていて、全能感に満ちている時はない。それにたいそういい気分なのだ。周囲の街灯や店舗の明りがおれを祝福して、おれに近づいたりおれから遠ざかったりしながら燦燦《さんさん》と輝いているではないか。ああ。なんとそれはおれを取り囲んだ女たちの、実は首飾りやイヤリングの煌《きら》めきだったのだ。

わははははははははははははは。

多幸感に満ちておれは大笑いをしながら、石油タンクほどもある邪魔なポリバケツを蹴飛《けと》ばして横転させ、幅が十メートルにも及ぶ人通りのない裏通りを何百メートルか歩いて駐車場に出た。数千坪のこの駐車場は、おれが出てきたバーの専用駐車場なのである。両側に並ぶでかい兜虫《かぶとむし》だの達磨《だるま》だの仔犬《こいぬ》だのがいっせいにおれを見て、車体を上下に揺らめかせた。なんだなんだ。お前ら何を脅《おび》えているのだ。コンクリートの敷地内は地面が大きく波打ち、彼方からこっちへ数メートルもある波がしらが次つぎと押し寄せてくる。とてもコンクリートとは思えない。まるで柔らかなカーペットだ。膝《ひざ》を屈伸させてからだを立てなおし、立てなおし歩く。こんなものに倒されてなるもんか。おれ様を何だと思っていやがる。控え。控えい。

コンクリートの波に乗って漂ったため、少し酔ってきたらしい。ちょっとふらふらしたが、あいかわらず気分は最高だ。おお。おれの可愛子《かわいこ》ちゃんがいた。白い小柄なルンバちゃん。笑ってくれたぞ。可愛い可愛いルンバちゃん。君はいつまでもおれを待っていてくれる。待たせたと言ってがみがみ言う女たちとは大違いだ。乗り心地もいい。どたばた暴れてよがる慎みのない女どもとはえらい違いだ。そうか、そうか、そんなにわくわくと躍りあがるほど嬉《うれ》しいか。おいおい、いくら嬉しいからって、そんなに身をくねらせちゃいかん。ドアを開けられないじゃないか。

どっこいしょ。ああ。シートは柔らかくていい気持ちだなあ。あまりいい気持ちだから少し眠くなってきたぞ。いかんいかん。帰らなくちゃ。

なんだ。どうしたんだ。そんなに拗《す》ねるなよ。ちょっとおとなしくして、エンジン・キイを入れさせてくれ。おいおい。鍵穴《かぎあな》を動かすなったら。この鍵穴のやつ、なんでそんなにキイを嫌うんだよ。ムンクの「叫び」の人物みたいな口をあけて悲鳴をあげるなっていうの。大丈夫だって。酔ってなんかいないからさ。マスターみたいなこと言うなって。平気だよ。お前に乗って帰らなきゃ、家に帰れないじゃないか。

やっとエンジンがかかった。ハンドルを握るとダリの描く柔らかな時計みたいにぐにゃぐにゃして、おまけに左右にのたくるように動きまわって、軸を伸び縮みさせて近づいたり遠ざかったりする。なんだか眼がまわってきた。車を動かしているうちに治るだろう。操作がよく思い出せない。次に踏むペダルはどれだっけ。アクセルかブレーキか。どっちがどっちだ。習慣になっているんだから自動的に手足を動かしていれば動くだろう。ほらな。動いた動いた。あはははは。動いた動いた。あはははは。

両隣が邪魔だ。曲れないじゃないか。この兜虫め。どきやがれ。わははは。ぶつけてやった。悲鳴あげてやがる。がりがりがりなどと。わははは。正面の犬が邪魔だ。曲れない。ぶつけてやれ。うわ。すげえ音だ。目玉を両方とも壊してやった。けけけけけけ。またしても駐車場の波打つカーペット。いかん。眼がまわる。駐車場全体がぐるぐる回りはじめやがった。動物どもがおれの周囲で輪舞してやがる。こんな場所は早く出よう。

まるで泣いた時のように星が滲《にじ》んでいる。赤い星が点滅し、緑の星が遠ざかり紫色をした星が鼻先に近づいてくる。閉塞感《へいそくかん》があるのは、両側に立っている平べったい人間の列が迫ってきているからだ。胴体に何やら落書きみたいなものを書いたやつもいる。地べたすれすれに黒い口をあけているやつもいる。青い月がフロントガラスの前までできて笑いやがった。あれは鼠《ねずみ》か。のろのろと前を駈《か》け抜けていきやがった。気味の悪いやつだ。

これは砂漠か。開けたところに出たぞ。動く棒杭《ぼうくい》が前を横切り、横は駱駝《らくだ》の行列だ。黄色と赤に明滅する新聞記事が縦に流れて、滝のようになだれ落ちて波打つカーペットの上で砕けている。四角い大きな眼が光り、上から見おろしている。明るいスクリーンがあちこちにポーズだけ決めてぴくりとも動かぬ女を映し出している。頭上のテレビは咆哮《ほうこう》する醜い獣の顔を大写しにする。動物たちが尻《しり》を赤く光らせてのろのろと前を行く。こら早く行け。わあと怒鳴ってやったが、聞えないらしい。そうか。こいつを鳴らせばいいんだ。クラークショーン。わははは。もっと鳴らしてやれ。クラークショーン。わははは。怒ってやがる。

そら走れ。そら走れ。アクセルを踏み続けているだけでこれほどのスピードが出るとはな。爽快《そうかい》だ。ネオンの海を越えて星の夜空を駆ける。駆ける。駈け抜ける。走る。走る。ひた走る。

おっ。どいつもこいつも、おれの反対方向へ走ってやがるぞ。何かから逃げているのかな。あっ。来た来た。前から驀進《ばくしん》してきやがった。眼と眼の離れた巨獣か。ターバンを巻いたインドの巨人か。ふん。なんの恐ろしいものか。こっちの勢いで慌《あわ》ててやがる。ざまあ見ろ。おっ。ぶつかってくる気だな。ようし。来い。

バーのカウンターは波打ち、蛇行し、彼方を見るとどこまでも続いている。カウンターに向かって掛けている雄の虎や山羊や羚羊や眼鏡猿や狸や、雌の豚や狐や儒艮たちがカウンターの動きにあわせて上下しながら首を左右に向けては何か喋っている。吼えるように笑い出すやつもいた。あれえっ。ここはどこだ。さっき出たばかりのバーじゃないか。なんで戻ってきたんだろう。

高い椅子のパイプの足がひっきりなしに曲がりくねるため、おれは落ちないようにずっとカウンターにしがみついている。そんなおれを見てバックバーの前のマスターがおだやかに笑っている。マスターの顔は福助のように横へ拡がったかと思うと突然縦に伸び、風呂場妖怪の垢なめみたいに長い顔になったりする。マスターの服はなぜか白一色だ。あれっ。どいつもこいつも、みんな白い服を着てやがる。なんとおれまで、いつの間にか白い服を着ている。

マスターのうしろの、バックバーに並ぶ洋酒瓶はそれぞれの形のままで、やはり白一色だ。おれの視線を感じた瓶が順に前へ出てきて膨れあがり、引っ込んでは隣の瓶と交代するが、彼らが迫り出してくるたびに光らせる産地の文字で書かれたラベルもまた、白一色だ。自分の名乗りに替えて各国の歌を歌う人物や動物たちもみな白一色だ。黒人女は顔が黒いだけで服は真っ白、七面鳥もカテリーヌ女王も白一色だ。タップを踏んでいるシルエットの紳士と海賊船の船長だけが全身真っ黒だ。野牛も白馬も、打楽器を打ち鳴らす南米の楽団も舞踊団も白一色だ。マリアッチを踊る薔薇の花まで真っ白だ。なんだなんだこれは。突然モノクロの世界へ来たのか。最初の総天然色アニメがまだ作られていない時代へでも来たのか。

それでもおれはしあわせだ。マスターが頷《うなず》きながら笑いかけてくる。みながにこにこと笑いかけてくる。多幸感に満ち、おれは大声で笑う。わはははは。こんない場所があったとはなあ。ほんと、もっと早くここへ来ればよかったんだなあ。

小説に関する夢十一夜

頼まれている短篇小説のいい着想がないので、おれは困った末、幽霊に書かせてやろうと考えた。幽霊というのは深夜、奥の八畳の座敷に出て、座机の前に坐《すわ》り、蒼《あお》い顔で何ごとか考え続けている和服を着た中年男の幽霊である。時には何かいやなことでも思い出すのか、頭をかかえこんで苦しげにうーうー唸《うな》っている時もある。おれは彼の前まで行って机に原稿用紙とペンを置き、短篇小説が書けなくて困っている、お前、書いてくれと言いおいて書斎に戻った。廊下に出るとき、ちらと振り返ると、幽霊は何やら興味ありげに原稿用紙に手をのばしていた。

しばらくしてから奥座敷へ行ってみると、今出来たばかりといった様子で幽霊は二十枚ほどの短篇小説の原稿を、やや恨みがましい眼をしながらおれに手渡した。読んでみるとなかなか面白い。顔をあげると幽霊はいなくなっていた。おれは大喜びして書斎に戻り、原稿をデスクに置いてベッドに入った。だが次の日の朝、目醒《めざ》めてみれば原稿用紙は白紙に戻っていた。勿論《もちろん》小説の内容は何も憶《おぼ》えていない。

阪神淡路大震災で町は壊滅状態。復興するため多くの人が働いている。おれはなぜかいささか後ろめたい思いで彼らの労働を眺めている。アスベストだか何だかが舞い、あたりには埃《ほこり》が立ちこめている。だが一人だけ、それを見ながら机に向かってのんびりと小説を書いている男がいる。はて、執筆しているあいつはこの場所にいるのか、それとも自分の書斎にいるのか。もしかしてあれはおれではないのだろうか。働いている者たちが怒り、どこにいるのかよくわからない彼の前まで大勢でやってきて口ぐちに言う。「皆、復興するための努力をしているのに、お前は何だ。のんびりと原稿なんか書きやがって」

だが、おれなのか他人なのかよくわからないその男は顔をあげ、平然として言う。

「おれ、文芸復興やってるんだ」

大企業の陰謀によって会社が破綻《はたん》した青年実業家が、その大企業の老社長の命をつけ狙《ねら》うという話を書きはじめる。書いているうちに、年齢が近いためもあってつい、老社長に乗り移ってしまった。とは言うものの、小説を書き続けている身でもあるから、自分が狙われていることもわかるので、これはたまらんと思う。おれがそう思うなり社長室にやってきた黒い服の、顔立ちがはっきりしない殺し屋に、おれは青年の命を奪うよう命じる。いったん姿を消した殺し屋はすぐに戻ってきて、殺しましたとあっさり言う。

やれやれひと安心。だが、まだ書きはじめたばかりなのに主人公を殺してしまった。さて、これから続きをどう書いたものか。

暑い日だ。空を見あげると一羽の鷹《たか》が木の梢《こずえ》にとまり、風に吹かれて羽毛を逆立てている。上空には風があるようだ。ああ。涼しそうだなあ。寝具が重すぎておれはどうやら汗ばんでいるらしいのだ。あの鷹はどんなに涼しいことか。そう思うなりおれはその鷹になっている。うわあ、涼しい涼しい。見渡せば地上はるか遠くの山並みまで田畑や人家が見晴らせるのだ。高（鷹）見の見物とでもいう夢独特の洒落《しゃれ》でもあろうか。田畑や人家はよく見ると大都会のようにも見える。

ほらな。小説だと、こういうことも出来るんだ。今さらのようにおれは小説家になっている幸福を嚙《か》みしめる。どんなことでも可能なのだ。

そこへ一羽の鴉《からす》が飛んできて、隣の木の梢にとまった。おれの真似《まね》をしようとしているらしく、こちらを横目で見ている。鳥は横目を使えない筈《はず》だとおれは思う。なんだ、こいつは。

あっ。わかったぞ。こいつはいつもつまらない、頭の腐るエンターテインメントばかり書いている、あのアホの作家だ！

小説家の叔父がよく「ひと山越えた」と言っていたので、山を越える話を書いているのかと思っていた時期があった。その記憶があったためか、叔父と一緒に山道を歩いている夢を見た。ああ、これでおれは叔父の小説の中の登場人物になったのだなあ、などと思っているうち、叔父の姿は見えなくなり、ひとりでいつか疎《まば》らに木が生えた林の中を歩いている。林にはひとりの兵士が机を前にし、椅子《いす》に腰かけていて、おれに言う。

「ここから先は北朝鮮だ。このパンを食べたら、北朝鮮に入れてやる」

机の上にはビニール袋に入ったパンだのパン菓子だのが山積みになっている。北朝鮮に行くのは厭《いや》だが、腹が減っていた。おれは兵士がよそ見をしている隙《すき》にパンをふたつばかり取り、引き返す。うしろからひとりの中国服の童子がついて来て、そのパンを食べるのなら、北朝鮮に行かなければならないのではないかときいきい声で詰《なじ》り続けている。おれはビニール袋を引き破ってパンを食べながらどんどん進む。

いつの間にか断崖《だんがい》の突端に出ていた。今までの平坦《へいたん》な道は、左右両側に大きく拡《ひろ》がった土地であり、三角形をなしたその土地は三方すべてが断崖で、おれは知らず知らず三角形の尖端に向かっていたらしい。後戻りすれば北朝鮮であり、振り返ると、遠くにあの童子が、引き返してくる筈のおれを待って蹲《うずくま》っている。断崖の突端から見おろすと、千メートルもあろうかという眼下には田園が拡がり、遥《はる》か彼方には大都会も見渡せた。

ここから降りる方法はないかとあたりを見まわせば、崖から少し離れたところに一メートルほどの間隔をあけて数本の鉄棒が立っている。その鉄棒を伝って降りれば下まで行けそうだが、はたしてその鉄棒に飛びつくことができるのだろうか。聞こうとして振り返れば、すでに童子の姿はない。

えい、とばかりに鉄棒に飛びつこうとした瞬間に眼が醒めた。おれはすでに中年になっていて、あの叔父はもはや老年である筈。なんでこんな夢を見たのかとうつつに思ううちふたたび眼が醒め、なんと小説家の叔父などは存在せず、おれ自身が小説家であった。そしておれは早くも七十七歳。

泥濘《ぬかるみ》に足を踏み入れてしまった。泥の上に靴底の形がくっきりと残っている。まるで平底舟みたいな形だなあと思った時、靴跡はそのままの形で平底船になり、波の上を進んで行く。そしておれはその船に乗っている。船の大きさからは、どうやら平底船ではなく、いつの間にかタンカーになっているようだ。そしておれは、誰だかはっきりとしない誰かに追われているらしいのである。

いつもこうなのだ。必ず誰かに追われている小説なのだ。誰かを追いかけたことは一度もない。

いや。待てよ。追われているおれは追われている小説にばかり出ているのだが、実は追いかけているおれというのがいて、そいつは追いかけている夢ばかり見ているから、追われているおれのことを知らないのではないだろうか。そして自分のことを、追いかけてばかりいる小説に出ていると思っているのかもしれない。

馬鹿《ばか》馬鹿《ばか》しい。どうせ小説を書いているのはおれ一人なのだし、夢を見ているのもおれ一人だ。つまり追われているのもおれ、追いかけているのもおれ、おれは自分で自分を追いかけているだけなのだ。

失恋小説を書けだと。おれになんてこと頼むんだ。何。特集だって。えっ。他はみな恋愛小説のベテランばかりではないか。おれは困った末、ひとり田園に立つ。失恋の悲しみを感じようとする。ああ。恋人は去ってしまった。ここに残されたのはおれ独り。

だが、ちっとも悲しくない。日が暮れてきたぞ。いい按配《あんばい》だ。雁《かり》にでも飛んでもらおうか。少しは寂寞感《せきばくかん》が出るだろう。だが、雁ではなく、飛んできたのは蝙蝠《こうもり》だ。おお。君なき里の蝙蝠。いかんいかん。駄洒落ではないか。馬鹿なことばかり書いておるわい。

そのうち、蝙蝠の数がどんどん増え、ついにはおれの周囲を真っ黒にして飛びまわる。

失恋小説など書けるものか。

現実にはとっくに死んでいる両親と一緒に本屋に来ている。本棚のあちこちにはおれの著書が一冊、二冊、三冊と、他の本に混って飛び飛びに並べられている。ひとりの女の子がやってきて、おれに訊《たず》ねる。「次の長篇はいつ出るんですか」おれの愛読者のようだ。

しかし今えんえんと書いている長篇は、いつ完成するかおれ自身にもまったくわからない。いつ出るかわからないと言うと、彼女はおれの長篇が好きなので早く読みたいと言った。おれは自分の書斎の本棚にある何冊かの束見本《つか》のことを思い出す。女の子は可愛《かわい》いので、おれは彼女の住所と電話番号を聞こうとして言う。「そんなら君のところへ本を送ってあげよう。中は真っ白けの、何も書いてない本だ。そいつを土の下に埋めなさい。ある日、犬がやってきて、ここ掘れわんわんと言ったら掘ってごらん。それはぼくの最新長篇だから」

女の子は喜んで、紙切れに住所と電話番号と名前を書き、その紙に銀紙で包んだチョコボールをひとつくるめておれのポケットに入れてくれた。

本屋を出るとき、母親はあきれた顔をしておれに言う。「あんた、相変わらずやなあ」

井上ひさしと一緒に、なんだか狭い場所にいる。雛《ひな》人形のための雛壇の裏側、といった暗い場所で、座ることもできないから、立ったままだ。雛壇イコール文壇という夢独特の洒落でもあろうかと思い、これは何ですか、またはここは何処《どこ》ですかという意味のことをおれが訊ねるとひさしさんは、この雛壇みたいなものは「描写」です、と言う。なるほど。描写のうしろに寝ていられない、という意味だな、と、おれは思う。たしかに寝る場所はありませんねえ、と、おれは言う。だけどあなたは劇作家でもあるわけで、戯曲の場合は描写はト書きということになるが、ト書きなら作者はそのうしろに寝ていられるでしょう、と、おれは言う。ひさしさんが不思議そうな顔をしているので、ほら、ト書きのうしろで寝ていられないのは、戯曲の場合は役者だからですよ。ああそうか、という顔をひさしさんはする。そう言えば筒井さんは役者でもあったわけですが、劇作もしていましたね。ではト書きのうしろへ行ってひと眠りしましょうか。

おれたちはその暗い場所を出て、広い庭に面した長い廊下をえんえんと歩き続ける。

珍しく時代小説を書いている。テーマは文学的なのだが、やはり真剣勝負が出てくる。あたり前の斬《き》りあいにはできない。何かいい殺陣《たて》はないものかと考えながら書き進める。なかなかいい着想に到《いた》らぬうち、早くも彼方《かなた》に敵が待ちかまえているではないか。なんだかやり手の剣客みたいだ。抜刀してこちらを睨《にら》んでいるから、斬りあいになることは避けられないだろう。こちらも抜刀して近づいていく。

敵の姿がはっきりしてくるにつれ、相手は侍ではなく、どうやらやくざ者らしいことがわかってくる。相撲取りみたいに肥《ふと》っていて着物の前をはだけ、太鼓腹を見せている。なあんだ、こんなやつか。おれは少しほっとする。おれはあまり腕に自信はないようなのだが、しかしこんなやつならどうにでもなる。心に余裕ができ、人をあっと驚かせるような殺しかたをいろいろと考えながら進む。

奴《やつ》との間隔はほんの三尺ほどになった。おれは立ち止まり、剣先を下げ、刀身の背に左手を当てた構えをとる。

奴は刀を大上段に振りかぶった。おれは奴が刀を振り下ろす前に、奴の股《また》を掬《すく》うように上げ斬りをする。上げ斬りとは、下から上へ斬り上げることである。

奴の下腹部が縦に裂け、大腸や小腸など大量の臓物がなかば腹膜に包まれたまま、ずぼりと膝《ひざ》のあたりまで落ちてくる。大食のためだろう。それは驚くべき大量の臓物だ。奴が股間《こかん》にぶらさがっている自分の腹から出たものを見おろして仰天し、悲しげに吼《ほ》える。みっともない死にざまをさらすことになる悲哀を吐き出しているようでもある。

おれはつくづく彼が哀れになり、悪いことをしたと思いながら、立ち去る。こんな小説、書かなきゃよかったなあ。

新聞に一度だけ連載したことがある。通常は小説を書いていてそんなことは思わないのだが、あの時だけは連載中なんとなく社会に参加しているような気分になったものであった。おおアンガージュマン。できればもう一度あの気分を味わいたいものだなあと思う。しかし今やおれは老作家。どこの新聞も活きのいい新進の若手に書かせていて、おれなどには書かせてくれぬ筈だ。それでも現在書いている長篇を新聞連載用にコマ切れにしてみる。鋏《はさみ》で原稿用紙をジョキジョキ切っているうちに、どこがどこの続きだかわからなくなってしまった。さらには何百枚か書いたうちの後半部分がどこかへ行ってしまい、いくら探しても出てこない。親の家まで行き、学生時代の机の抽斗《ひきだし》の中まで探すものの、そこにもない。

そのかわり昔書いた原稿の束が出てきた。長篇を半分くらい書いて抛《ほ》ったらかしにしておいたことを思い出す。これ、今でも役に立つだろうかなどと考えていると、あの連載時の担当だった女性記者から電話がかかってきた。次の原稿はいつ戴《いただ》けますかと言うのだ。やれ嬉《うれ》しや。おれはまた新聞に連載をしているらしい。いやいや。喜んではいけない。これぞまさに願望充足の夢に違いないのだ。

編集者「なんで十一夜なんですか。十二夜とか十三夜とかにしてください」
老作家「それだけだ」

三字熟語の奇

一大事　一目散　一周忌　一匹狼　一里塚　一辺倒　一方的　一時的
一軒家　一部分　一過性　一夜妻　一段落　一番槍　一枚岩　一面識
一文銭　一覧表　一輪車　一家言　一角獣　一昨日　一安心　一口話
一粒種　一人前　一等兵　一筋縄　無一文　手一杯　画一的　無一物
片一方　紙一重　男一匹　紅一点　金一封　第一線　生一本　春一番
鐚一文　裸一貫　人一倍　腹一杯　日本一　天下一　二枚舌　二言目
二等兵　二次会　二重奏　二進法　二刀流　二枚目　二重瞼　二筋道
青二才　羽二重　三回忌　三下奴　三度笠　三白眼　三隣亡　三行半
三枚目　三原色　三叉路　三拍子　三番叟　三味線　三日月　三十路
南無三　四次元　四十雀　四重奏　四天王　四足獣　四六判　四方山
藤四郎　五目鮨　五位鷺　五十路　五十音　五重塔　五寸釘　五分刈
五人囃　源五郎　六分儀　六面体　六歌仙　六十路　表六玉　七回忌
七五三　七五調　七変化　七面鳥　七宝焼　七福神　七草粥　初七日

八百長 八十路 八重桜 八重歯 八百屋 八潮路 八千代 八目鰻
八分目 八幡宮 八頭身 八卦見 嘘八百 大八車 村八分 九曜星
九官鳥 九品仏 九年母 十進法 十字架 十姉妹 十人並 十二支
十三夜 十五夜 十八番 百日咳 百人力 百年目 百万言 百万遍
百面相 百物語 百貨店 百合鷗 土百姓 鬼百合 千秋楽 千人力
千人針 千里眼 千枚漬 千日手 浜千鳥 万国旗 万能薬 万葉集
万年筆 万華鏡 万万歳 政治家 参議院 不安定 共和国 不快感
無愛想 軍資金 任免権 官僚的 威圧感 不適切 議事堂 不案内
衆議院 風雲児 風水害 被災者 避難民 密入国 居留地 移住者
大使館 不穏当 喧嘩腰 国務相 伏魔殿 指導者 不景気 人国記
君主国 宗主国 議定書 独立国 国際色 北半球 簡略化 不信任
物価高 赤新聞 怪文書 壁新聞 栗饅頭 慰安婦 公民権 合衆国
星条旗 大統領 独裁者 原水爆 首脳部 主流派 紹介状 消息筋
共産党 拡声器 非戦論 組織的 外務省 保守党 対外的 不首尾
玉虫色 代議士 秘書官 法務省 順不同 消費税 所得税 新興国
書生論 急先鋒 植民地 原住民 地獄耳 執行部 速記録 総選挙

運営費　公務員　国民性　核家族　小役人　立法府　無所属　確定的
急進派　過激派　先鋭化　選挙権　有権者　立候補　民主国　牽引車
責任感　議決権　枢密院　貴族院　機密費　表面化　非公式　行政法
強壮剤　挨拶状　青写真　悪平等　安全弁　運動費　要望書　便宜的
善後策　影響力　園遊会　回顧録　表彰式　懐柔策　報道陣　開票率
可及的　評議員　過半数　得票数　立脚点　有力者　箝口令　求心力
間接税　激動期　下克上　元老院　封建制　若年寄　弁務官　領事館
名誉職　立志伝　肖像画　枢軸国　想定外　大多数　試金石　挑発的
直接税　売国奴　発言権　委任状　無条件　没交渉　局外者　校友会
公約数　山吹色　御託宣　防波堤　未解決　南半球　冷却水　多方面
無制限　不作為　不文律　共同体　忍耐力　無記名　人為的　肝心要
新機軸　真骨頂　永続性　予想外　医学界　助教授　風土病　青瓢箪
不感症　尿毒症　不潔感　婦女子　婦人科　妊産婦　不摂生　不妊症
生殖器　不能者　腐敗臭　高山病　不眠症　小児科　早生児　乳幼児
乳製品　入退院　胃潰瘍　胃下垂　胃痙攣　随意筋　遺伝子　医務室
狭心症　医薬品　飲食物　流動食　飲料水　催眠術　日射病　鼠蹊部

車椅子　挫折感　厄病神　後遺症　強心剤　恐怖症　真田虫　匙加減
特効薬　救護院　殺虫剤　耳下腺　試験管　白内障　視神経　失語症
薬剤師　無意識　赤外線　失調症　耳鼻科　自閉症　脂肪酸　近眼鏡
主治医　消化器　硝酸塩　夜尿症　水疱瘡　生理学　内分泌　助産婦
処方箋　化合物　鼻風邪　無気力　赤血球　永久歯　口蓋垂　軟口蓋
扁桃腺　神経痛　水溶液　深呼吸　薬事法　頭蓋骨　多血質　脳出血
診断書　心電図　蕁麻疹　天花粉　心理学　人力車　人類愛　甲状腺
原爆症　紫外線　老廃物　更年期　興奮剤　無感覚　黒死病　告別式
葬儀社　点鬼簿　孤独死　肋膜炎　象皮病　出来物　夢遊病　花柳病
無力感　体温計　整腸剤　藪医者　脳震盪　既往症　恐水病　発作的
近視眼　顕微鏡　病原菌　脱毛症　水晶体　脱力感　炭酸水　胆汁質
蛋白質　血友病　気管支　寄生虫　微生物　草履虫　緑内障　致死量
土気色　清涼剤　中耳炎　補聴器　内出血　注射器　吸入器　微粒子
聴音機　無医村　染色体　経帷子　火葬場　狂犬病　荒療治　被験者
無表情　大往生　安楽死　走馬灯　土饅頭　栄養食　阿弥陀　涅槃楽
彼岸花　薄馬鹿　精神病　闘病記　横隔膜　肺結核　遅知恵　黄熱病

保菌者　開業医　博士号　壊血病　敗血症　腺病質　優生学　合併症
過保護　緩下剤　頸動脈　腸捻転　脳貧血　血液型　血小板　大動脈
結膜炎　血糖値　健胃剤　麦芽糖　原形質　原子炉　中性子　尾骶骨
松葉杖　健忘症　睡眠薬　生化学　成人病　生態学　前立腺　利尿剤
輸卵管　頓服薬　肺浸潤　避病院　保養地　躁鬱病　増血剤　貧血性
毛細管　防虫剤　大腸菌　脱脂綿　脱臭剤　断末魔　町医者　臨床医
絆創膏　皮膚病　揮発油　周期律　無神経　蓄膿症　虫垂炎　扁平足
聴診器　聴神経　鎮痛剤　防臭剤　椎間板　抵抗力　伝染病　天然痘
糖衣錠　長椅子　抑鬱症　熱射病　粘液質　脳溢血　肺活量　破傷風
白血球　白血病　泌尿器　淋巴腺　偏執狂　隆鼻術　偏頭痛　盲腸炎
放射線　副作用　末期的　若白髪　幼児期　蒙古斑　葉緑素　養老院
後生楽　白装束　霊柩車　罪悪感　最下層　猜疑心　再検討　再出発
裁判官　不起訴　服役中　暴力団　不祥事　無頼漢　浮浪者　座敷牢
雑居房　唐丸籠　現行犯　詐欺師　不敬罪　非国民　誣告罪　風呂敷
異常性　御法度　遺留品　死傷者　後頭部　社会面　騒擾罪　禁漁区
密貿易　終身刑　後見人　拾得物　捜索隊　赤信号　禁制品　銀世界

金属製　芋蔓式　首実検　違約金　非合法　無免許　無軌道　依頼人
荒仕事　新聞種　居留守　遺失物　慰藉料　刑務所　丸坊主　脱獄囚
韋駄天　絞首刑　黒装束　常習犯　警戒中　土壇場　義兄弟　大目玉
空気銃　野次馬　勝負師　鉄火場　所持品　所有権　親告罪　常夜燈
上告審　香具師　公判廷　公証人　検事局　相手方　牢名主　町奉行
無抵抗　荒法師　被疑者　無法者　愚連隊　兄弟分　土地勘　背格好
拒否権　悪太郎　阿片窟　密輸入　暗殺剣　裏街道　厄介者　往生際
男伊達　表沙汰　伝法肌　糞度胸　親不孝　青少年　無分別　軽犯罪
日陰者　南京錠　検問所　駐在所　懐中物　傀儡師　加害者　容疑者
餓鬼道　火事場　放火魔　没義道　壁訴訟　仮処分　感化院　警察署
派出所　未決監　下手人　検察官　弁護士　黙秘権　法医学　法曹界
被告人　傍聴席　手加減　前科者　捜査線　嘆願書　断頭台　知能犯
冷血漢　闖入者　辻強盗　出来心　悪知恵　渡世人　長脇差　余所者
未成年　遊興費　与太郎　用心棒　履歴書　免許証　肥後守　縄梯子
背任罪　密出国　抑留者　白眼視　番小屋　番太郎　被害者　真人間
非常口　菩提寺　曼荼羅　墓碑銘　慰霊祭　本籍地　待合室　真夜中

木賃宿　礼拝堂　淫売婦　肉感的　愛妻家　色模様　座蒲団　不行跡
肉襦袢　湯文字　不品行　肉体派　肉食獣　官能的　肉弾戦　青天井
河川敷　雰囲気　恋女房　賢夫人　愁嘆場　武勇伝　歓喜天　相部屋
分泌物　紅白粉　好色漢　果報者　花柳界　源氏名　総花式　女丈夫
瓜実顔　雑魚寝　絹織物　家出娘　不細工　早乙女　不器量　幼友達
看板娘　小奇麗　適齢期　色情狂　敷布団　羽布団　思春期　小麦色
頭文字　私娼窟　売笑婦　修羅場　女学校　花言葉　初心者　修道院
比丘尼　黒耀石　排卵日　昔馴染　看護婦　美少年　貴婦人　夜会服
肌襦袢　曲線美　横恋慕　野暮天　相合傘　朧月夜　厚化粧　後始末
姉女房　御新造　小意気　長火鉢　肘鉄砲　雨模様　浮世絵　高島田
長襦袢　緋縮緬　衣紋掛　艶笑譚　括約筋　幼馴染　遠心力　艶福家
岡場所　男冥利　女子衆　大原女　温泉宿　雪女郎　山小屋　夢心地
上女中　女文字　海水着　海綿体　影法師　貸座敷　家政婦　勝手口
割烹着　家庭科　下半身　化粧箱　助兵衛　遊冶郎　装身具　手弱女
脱衣場　無邪気　縮緬皺　同性愛　同伴者　特飲街　寝物語　配偶者
媒酌人　令夫人　箱入娘　持参金　未亡人　御息所　旅籠屋　枕屏風

花電車　繁華街　美顔術　非公開　被写体　美女桜　雛人形　姫御前
美容院　身綺麗　訪問着　披露宴　未経験　耳学問　綿帽子　洋品店
身支度　茶菓子　水茶屋　植物性　女性的　上上吉　松竹梅　金婚式
銀婚式　若旦那　婿養子　白無垢　両天秤　上出来　逆光線　水菓子
宵待草　夾竹桃　終電車　星月夜　勿忘草　子沢山　土佐絵　柔軟性
子煩悩　母性愛　満年齢　夕月夜　駒下駄　小間物　茶箪笥　筒井筒
保育園　鳳仙花　牡丹雪　湯豆腐　丸天井　満艦飾　自在鉤　水風呂
土産話　銘銘皿　目玉焼　餅菓子　雪景色　養育費　幼稚園　離乳食
囲炉裏　卓袱台　針仕事　如雨露　奴豆腐　乳母車　侘住居　紫陽花
終列車　夏座敷　留守番　冷蔵庫　連絡船　老婆心　苦労人　若隠居
和菓子　塩加減　自家製　氷砂糖　籐椅子　奈良漬　葱坊主　寝正月
葉牡丹　腹時計　鼻濁音　歌留多　饂飩粉　心意気　胡麻塩　絵葉書
無花果　糸蒟蒻　唐芥子　顔馴染　白味噌　瓦煎餅　学用品　教科書
教育者　聴講生　腕時計　私小説　自意識　大御所　居丈高　自画像
意識的　自叙伝　私生活　赤裸裸　小市民　形骸化　私生児　大雑把
自堕落　社交界　運命論　愛書家　居心地　増上慢　無自覚　大時代

軟文学　序破急　麝香猫　邪宗門　聖家族　巨視的　公開状　大音声
共通語　私家版　娑婆気　週刊誌　外来語　宗教家　主観的　歳時記
兄弟子　古典的　座談会　茶飯事　遠近法　擬態語　演繹的　大立者
殺人的　老大家　厭世観　無遠慮　校正刷　大袈裟　不格好　美文調
絵巻物　無器用　小器用　金釘流　内弟子　古文書　同義語　擬声語
叙情詩　片仮名　不義理　疑問符　不自然　野獣派　愛煙家　無精髭
好人物　白樺派　不条理　愛読者　仏頂面　上機嫌　空元気　純文学
観念的　概念的　発想法　単行本　先験的　創世記　形而上　好奇心
客観性　侮蔑感　主人公　不明瞭　下馬評　不愉快　口達者　口下手
大団円　類型的　瘋癲玉　高飛車　感受性　記号論　現象学　不用意
不夜城　上調子　黄表紙　膝栗毛　非合理　噴火山　悪感情　感傷的
感情的　文学者　硬骨漢　分岐点　文房具　著名人　偽善者　似顔絵
画仙紙　仙花紙　水墨画　出世作　日蓮宗　半可通　不健全　小説家
日記帳　出版社　大衆性　言葉尻　下世話　野性味　満天下　人気者
意外性　飛躍的　突拍子　依怙地　先天的　没理想　居酒屋　太鼓腹
意地悪　独壇場　異端者　田舎者　異邦人　浄土宗　叙事詩　即興詩

処女作　登竜門　海賊版　新刊書　改訂版　総合誌　弟弟子　国文学
図書館　古事記　浪漫派　論理的　方法論　代名詞　無神論　存在論
句読点　休止符　蒸留酒　数寄屋　江戸前　雪月花　氏素性　未定稿
内弁慶　底意地　宇宙人　絵双紙　独善的　必読書　有頂天　高楊枝
人生観　随想録　世界観　先入観　絵空事　月世界　太陽系　理想郷
駄法螺　画期的　必然性　形而下　多元論　芸術院　単細胞　決定版
限定版　退廃的　酢豆腐　劣等感　性善説　性悪説　前置詞　無意味
平仮名　頓珍漢　鼻下長　自己流　増刊号　醍醐味　自制心　実社会
実生活　実質的　几帳面　微視的　批判的　逆効果　好男子　長広舌
著作権　著述業　左団扇　編集者　立体派　黙示録　進化論　末梢的
珍無類　出鱈目　眉唾物　夢物語　同人誌　唐変木　毒舌家　汎神論
有識者　倫理学　長談義　唯物論　独創的　未来派　有意義　鼻高高
朝飯前　優越感　野放図　飲兵衛　梯子酒　美食家　布袋腹　馬鹿話
見栄坊　没趣味　破天荒　未曾有　非常識　集大成　新世界　神秘的
藁半紙　身勝手　鼻眼鏡　民俗学　陽明学　美意識　天動説　楽天家
備考欄　横文字　羊皮紙　印象派　切支丹　鍾乳洞　人真似　備忘録

弁証法　懇談会　傍観者　嗜好品　日本画　日本酒　坊主頭　牡丹餅
本格的　巻煙草　合成酒　美濃紙　居場所　違和感　因果律　無限大
金比羅　異教徒　異国的　婆羅門　仏舎利　賓頭盧　救世主　御利益
仁王門　不知火　蜃気楼　真言宗　神通力　恵比須　玉手箱　大入袋
大道具　常設館　講釈師　司会者　案内人　見世物　試写会　小太鼓
室内楽　協奏曲　夏場所　櫓太鼓　義太夫　浄瑠璃　能役者　世話物
腹話術　公会堂　奇天烈　小道具　無言劇　村芝居　顔見世　野外劇
映写機　烏帽子　艶歌師　流行歌　手拍子　時代劇　道具方　楽屋裏
芝居気　初舞台　名人芸　花吹雪　道化師　殺陣師　紙芝居　極彩色
旅芸人　郷土色　戯作者　歌舞伎　檜舞台　拍子木　前口上　独参湯
猿芝居　物真似　劇映画　出演料　旅興行　囃子方　贔屓筋　優待券
歌謡曲　愛唱歌　幻想曲　近代劇　悲喜劇　旅役者　宮芝居　名物男
勘亭流　打楽器　舞台裏　旦那芸　大広間　見巧者　悪達者　人間業
交響楽　遁走曲　蓄音機　手風琴　長音階　調律師　半音階　変奏曲
円舞曲　連弾曲　出稽古　越天楽　常磐津　本調子　愛弟子　読心術
不思議　都都逸　長丁場　平土間　熨斗袋　縁起物　紙吹雪　浪花節

披露目　能狂言　前売券　昔気質　盲法師　虚無僧　河原者　真似事
野幇間　遊覧船　本場所　花屋敷　表具師　視聴覚　標準語　本因坊
人相見　身贔屓　遊園地　遊歩道　夜見世　屋形船　輪転機　視覚化
経済界　不経済　実業家　取締役　親会社　創業者　自作農　在庫品
不動産　不如意　請負人　軽工業　重工業　考課表　熟練工　軽金属
発電機　部分品　生産性　従業員　消耗品　発動機　溶鉱炉　不明朗
富裕層　労務者　古道具　貴金属　観光地　名店街　文化財　分譲地
日照権　入居者　日給制　皆勤賞　闇相場　日系人　空景気　無利子
過不足　興信録　力仕事　失業者　素寒貧　生活難　手間賃　手数料
手内職　金無垢　勤労者　原動力　教職員　仕手株　相場師　空相場
立会人　銀行券　空取引　手仕舞　魚河岸　沖仲仕　海産物　蟹工船
原産地　水産業　定置網　食料品　特産物　浅知恵　支配人　資本家
労働力　手不足　手弁当　輸出入　逆輸入　不始末　逆宣伝　頼母子
小作農　供出米　農閑期　農産物　早場米　水栽培　保有米　畜産学
農繁期　端境期　始末書　信任状　保証人　事務的　計理士　登記簿
出納簿　税理士　下半期　上半期　請求書　丼勘定　喫茶店　水仕事

水商売 口約束 空手形 金満家 就職難 手工業 漢方薬 守銭奴
上場株 配当金 法人税 相撲取 上得意 商取引 商売敵 大車輪
商品券 処世術 軽業師 皮算用 木戸銭 初任給 興信所 紳士録
開業費 特価品 非売品 上水道 光熱費 下水道 宮大工 設計図
地上権 生計費 経常費 建蔽率 購買力 賃貸借 高利貸 延滞料
権利金 抵当権 合理化 子会社 胸算用 無利息 屋台店 闇取引
客商売 目分量 業界紙 金本位 銀本位 両替屋 悪循環 仲見世
門前町 開店祝 縄暖簾 貸本屋 不祝儀 閑古鳥 定休日 大晦日
奉仕品 年度末 計算機 原材料 未開発 絶対量 造幣局 素封家
大福帳 吝嗇家 打算的 直輸入 利権屋 優先権 門外漢 未開拓
賃仕事 追徴金 定期便 鉄道網 同業者 工務店 土建屋 領収書
得意先 郵送料 郵便局 尺貫法 独占的 理髪店 揺籃期 依頼人
特許権 博覧会 品評会 小冊子 夏時間 便利屋 奉公人 交換手
時間割 真面目 類似品 錬金術 放水路 忘年会 御影石 未知数
毛氈苔 孟宗竹 陽電気 私書箱 蓄電池 電動機 藁布団 玉蜀黍
貿易風 交戦国 巡洋艦 焼夷弾 消火栓 照空灯 衝撃波 好敵手

航空機　搭乗員　格納庫　滑走路　合言葉　召集令　高射砲　制空権
初年兵　上等兵　狙撃兵　鉄砲玉　擲弾筒　鉄条網　双眼鏡　軍用金
強行軍　行進曲　古武士　落武者　野武士　日本刀　太刀風　刀鍛冶
助太刀　御家人　小太刀　猪武者　連判状　益荒男　種子島　火縄銃
手裏剣　旗指物　大上段　血達磨　阿修羅　青龍刀　鎖帷子　如意棒
竜騎兵　雪辱戦　軍国調　練兵場　観兵式　短兵急　合気道　寒稽古
戦利品　機関銃　守護神　秋津島　帰休兵　陣太鼓　遠眼鏡　反射鏡
争奪戦　無差別　大和魂　特攻隊　脱走兵　飛行場　空中戦　操縦士
落下傘　乱気流　曲射砲　探照灯　水雷艇　駆逐艦　潜水艦　帆前船
潜望鏡　喫水線　排水量　観艦式　羅針盤　難破船　軍楽隊　水兵服
乗組員　兵曹長　制海権　総攻撃　予科練　軍用犬　機械化　速射砲
迫撃砲　戦闘機　急降下　爆撃機　不時着　無人島　橋頭堡　圧倒的
無慈悲　曳光弾　男所帯　超短波　無鉄砲　戒厳令　連隊旗　核反応
核分裂　核兵器　影武者　便衣隊　下士官　自警団　総動員　超弩級
閲兵式　別動隊　決勝戦　成層圏　生命線　連合軍　反乱軍　前哨戦
装甲車　発火点　白兵戦　総力戦　予備役　大本営　超音速　超音波

防空壕　敵愾心　望遠鏡　手榴弾　電撃戦　導火線　生兵法　梁山泊
敗残兵　爆心地　発煙筒　見取図　流線型　降水量　気象台　昇降機
風力計　水鉄砲　波止場　小休止　上首尾　不死身　防寒服　紡錘形
幌馬車　凹面鏡　豆鉄砲　雪合戦　子午線　季節風　技術者　陽電子
水垢離　道案内　予防線　腕相撲　旅客機　自動車　高速度　正念場
試運転　自転車　周波数　高周波　高気圧　入道雲　稲妻型　霊長類
猩紅熱　猩猩蠅　啄木鳥　食人種　食用蛙　除虫菊　狐饂飩　獅子鼻
殿様蛙　獅子舞　虫眼鏡　尺取虫　夜光虫　蛍烏賊　謝肉祭　吸血鬼
猿知恵　猿真似　抹香鯨　秋刀魚　草競馬　源氏蛍　車海老　蝙蝠傘
鍬形虫　馬鹿力　雨合羽　黄金虫　無生物　阿羅漢　照魔鏡　極楽鳥
無精卵　養蜂家　深海魚　小判鮫　帆立貝　高麗鼠　太刀魚　京鹿子
麒麟児　淡水魚　金魚鉢　野良犬　捕虫網　鳥小屋　愛犬家　青大将
赤蜻蛉　馬酔木　微塵子　法螺貝　信天翁　荒巻鮭　海坊主　大入道
貝殻虫　北寄貝　蚊蜻蛉　烏天狗　真名鶴　馬車馬　助惣鱈　鯣烏賊
紋白蝶　蟬時雨　鳥打帽　走禽類　対抗馬　高足蟹　蛸入道　狸囃子
畜生道　哺乳類　調教師　不如帰　長尾鶏　馬刀貝　猪口才　真章魚

土蜘蛛　平蜘蛛　手長猿　竜舌蘭　出歯亀　出目金　天竺鼠　真魚鰹
伝書鳩　北極熊　天道虫　闘牛士　東天紅　土佐犬　養豚業　長須鯨
南京虫　熱帯魚　野良猫　蠅地獄　馬鹿貝　葉鶏頭　機織虫　瑠璃鳥
爬虫類　鳩時計　馬鈴薯　半風子　火食鳥　竜涎香　瓢箪鯰　病虫害
平家蟹　保護鳥　眼鏡蛇　盲導犬　誘蛾灯　鱗翅類　養蚕業　利休鼠
両生類　類人猿　草鞋虫　古生代　考古学　新生代　広葉樹　針葉樹
姥捨山　火達磨　轆轤首　死装束　首狩族　貧乏神　貧民窟　小細工
不自由　無関心　老眼鏡　不得手　路地裏　無関係　不本意　御不浄
裏長家　破廉恥　泥仕合　盂蘭盆　施餓鬼　片田舎　生返事　不相応
小手先　土下座　栃麺坊　荷厄介　無作法　活火山　水風呂　似而非
不心得　無頓着　泥縄式　屋根裏　自棄酒　無趣味　越中褌　虚栄心
口喧嘩　空念仏　大部屋　安普請　音沙汰　不可能　不可避　不完全
袋小路　生臭物　弱体化　無定見　不調法　人外境　人非人　不公平
終止符　井戸端　土性骨　無能力　徹底的　不見識　朴念仁　綺麗事
日和見　世間体　不名誉　無駄話　生半可　案山子　太平楽　過去帳
幽冥界　出不精　苦学生　無責任　生欠伸　不可解　並大抵　不謹慎

火山岩　片意地　過渡期　高圧線　紙鉄砲　無気味　無駄口　屁理屈
立往生　枯山水　自殺的　地団駄　芥子粒　隙間風　頭陀袋　世紀末
瀬戸際　昼行灯　俗世間　駄菓子　面目玉　田吾作　駄洒落　反魂香
不適当　茶坊主　釣天井　聾桟敷　手柄顔　度外視　生意気　糠味噌
寝小便　灰神楽　白昼夢　意気地　伴天連　早合点　般若湯　半人前
微温湯　風来坊　人心地　非人情　避雷針　下手糞　暴風雨　真逆様
木乃伊　滅法界　遺言状　落第生　理不尽　無造作　怪岸線　尼納豆
暗息日　姦一発　缶楽器　妄惑星　燗電池　転悶学　情半身　祝我会
怪数券　祝災日　凸面凶　過日酒　聖電気　絶縁態　攻意的　後架線
同心艶　同爽快　怪王星　銀河刑　後退后　禅悶答　過剰書　刑音楽
性教徒　送風紀　蔑世界　愚体化　道中気　官邸流　胡乱茶　閑談計
恥鳥足　酔族館　開怪式　恥平線　接着罪　土曜波　懐疑室　署対面
害国人　性一杯　着癌点　駐捨場　総本惨　骸旋門　創製児　傾向灯
潰走車　怪談児　帝癪天　早退性　咳乱雲　回覧蛮　腸自然　浄化町
塀鎖的　碍路樹　停時制　点眼鏡　先生術　体格線　兵法根　核砂糖
同一死　火速度　転麩羅　粗粒子　底流所　性反対　塞面図　過疎性

片栗固　陶自棄　宣教死　化膿性　大司狂　超味料　値動説　超面面
銚子者　天魔船　嚙細工　柱徒刑　稚歳飴　別転地　着火店　閉面図
中傷的　捕鯨戦　我夭死　痛話料　臀磁波　禍林糖　簡潔泉　血下室
変圧危　天轍機　卒倒婆　粗父母　力一敗　大学涯　手料痢　甘言楽
天狸教　完済弁　節介岩　変伝書　妻楊枝　空喪様　痛痒口　地球偽
肝心帳　観乱射　蕩児者　大震妻　崩恋草　情水道　敬遠劇　痴識人
月経樹　減楽器　同休生　原子人　不信切　水下限　寺個屋　宙間子
天貧乏　酔蒸気　手二物　投身代　電磁癪　痴性的　水葬楽　性攻法
禅僧曲　船場鶴　旋風機　通帰孔　貯垂血　定学年　専門蚊　勉強課
点棒車　前夜妻　反非礼　占用車　廃電盤　電動師　占領箱　断性的
弁倒箱　臓器林　男賊的　嘆末機　閉口線　葬曲線　店主閣　偏性風
臓物主　送別快　度量昂　側溝所　雪達魔　大黒点　年我意　羽子痛
強壮曲　余所言　非情勤　同虚人　股卑鉢　野草曲　犯作用　代用貧
大陸店　盗茄子　歩道教　代理石　転地人　友白髪　鷹下駄　魔法便
平行坊　努力蚊　脱酷機　優等性　他人数　放仏線　流学生　旅私宅
痰音階　交代子　恥恵袋　直恰好　雪割葬　味熟者　通心網　夜所見

痛風口　茶道愚　妖菓子　鼻苦笑　臨場姦　宙二階　重宝形　珍列窓
弁済天　墜試験　魔天楼　痛過駅　停捨馬　妖務員　出鬼事　手瘡見
転向生　低危圧　天脳制　桃源凶　童好会　悼辞場　乱反者　年滑降
生菓死　無機嫌　膿味噌　背水管　薄物館　破綻杏　破魔夜　破目板
反動体　皮下減　膝子象　必需貧　非時計　平均転　方癌死　崩程式
真死角　蜜柑成　味鼠汁　盲滅砲　優勝忌　夜着者　落隠居　落花性
両成狽　乗車県　小数転　夢試験　冗分別　死業式　幸都合　金輪罪
混血事　無尽象　急火山　寄宿車　臭業式　金剛咳　授業量　最低言
近似恥　奇何学　沸騰転　豪華晩　小危味　応援断　無機仏　代部分

世界はゴ冗談

「あの、台長。太陽の黒点がどんどん増加していますが、スミソニアンから何か連絡はありませんでしたか」

「あっちでも戸惑っておるんだろう。本来なら四年前の太陽極大期に起っているべきだった太陽嵐《あらし》があの時は何も起らなかったし、あんなに弱い太陽周期はわしだって目にしたことはなかったし、他の科学者だってそうだったろう。あの時は今後数十年にわたる太陽周期減退の始まりかと大騒ぎしたもんだ」

「じゃあ、あの時の反動で今こんなに多くの黒点が。まるで太陽が天然痘《てんねんとう》に罹《かか》ったかのように」

「非科学的なことを言いなさんな。何かの反動で黒点ができるなんてことはないわい。ええと。太陽磁場を観測しとる、あの『ひとでちゃん』という衛星からは何の通信もないのか」

「あの台長、あれは『ひのでちゃん』です」

「アニメおたくが変な名前をつけやがって。あのプロジェクトはＮＡＳＡもやっとるんだろう。あそこから何か連絡はないのか」

「わかりません。でもこの状況を見ると差動回転に伴う巨大磁場が発生していることは間違いありません」

「強烈な磁力が発生しとることは疑いようがないな。このほとんどの黒点の直径は地球より大きいぞ。恐ろしや。破壊的な威力の太陽嵐が発生するかもしれん」

「政府関係に報告しておいた方がよろしいのでは」

「わしもそう思う」

「総理。世界各地の空港がたいへんな騒ぎになっています。通信衛星がショートして、たいていの航空機が進路から逸《そ》れてふらふらふらふら」

「大変ではないか。着陸もできんのか」

「無理に着陸しようとしても電子システムがいかれていて、車輪が出なかったり滑走路から飛び出したり、どえらい事故が続出です」

「なんでそんなことになった。専門家や科学者どもはどう言うておるのか」

「なんだか太陽嵐というものが発生して、地球に向って荷電粒子が放出されているのだそうでして」

「さっきからわしは携帯電話をかけようとしとるんだが、ちっともかからん。それも関係あるのか」

「あります。携帯電話信号が荷電粒子によって妨害されているのだそうでして。世界中大騒ぎです。人工衛星経由のカーナビを頼りに走っている車は道路を逸れたり衝突したり」

「非常事態である。か、戒厳令を出せ。戒厳令だ。一般市民は夜間の外出禁止だ」

「航海長。シーシェパードの船らしいものが南南東からこちらに向ってきます」

「いったい何だというんだ。ハーグの司法裁判所が禁止したために、今回は単なる調査にとどまるのであって、決して調査捕鯨ではないことくらいわかっている筈《はず》だぞ。これが捕鯨船ではないことくらいわからんのか」

「念のために追尾しているのかもしれませんな。あっ。航海長、見てください。南西の方角に巨大な魚群が見えます。わあっ。大変な数です。ここれは鯨です。鯨の大群です。これじゃ観測できません。シーシェパードはあの鯨を守るつもりなんでしょうか」

「異常事態だ。船長を呼べ。このままだとあの鯨の大群にぶつかってしまう。いや。それよりも先に、あのシーシェパードの船が鯨にぶつかってしまうぞ」

「何ごとだ」

「船長。ご覧ください。大変な数の鯨です。こっちへ来ます」

「おお。ミンククジラだな。ニタリクジラもいる。イワシクジラも。あの、これはおかしいではないか。種類の違う鯨がラッシュアワー状態になって、なんで群をなして泳いでくるのだ」

「船長。これは泳いでくるといった状態ではありません。何かに追い立てられるように、北東の方角へ突進しているのです」

「何やかやと考えることが多すぎていかん。とりあえずは鯨を避けよう。取舵《とりかじ》いっぱい」

「取舵いっぱい」

「取舵いっぱい」

「おお。マッコウクジラがいるではないか。ナガスクジラもだ」

「あっ。あそこには絶滅危惧種《きぐしゅ》のシロナガスクジラもいます」

「異常だ。これは異常だ。鯨たちの方向感覚がどうにかしたに違いない」

「今、世界中で起っている巨大磁場の発生に関係あるんでしょうか」

「きっとそうだろう。この船だって通信システムがいかれてどこにも連絡がとれん状態だもんな」

「あーっ。シーシェパードの船が、鯨の群の中へ突っ込んでいってしまいました。船がばらばらです。あれでは生存者はひとりもいないと思われます」

「彼らの冥福《めいふく》を祈ろう」

「機長。機長。起きてください。起きてくださいっ」

「ジュディ。おおジュディ。何だ君か。どうした」

「GPS衛星からの電波がキャッチできなくなりました。どうやら自律システムに異常が発生したらしくて、センサーやジャイロコンパスも正常に作動していません」

「今、どこを飛んでおるんだ」

「さっき雲の途切れ目からは海が見えましたから、海上であることは確かなんですが、それ以外のことはわかりません」

「なんてことだ。しかしインド洋上空なら経路から外れてはいないわけだろ。通信機器はどうなんだ」

「駄目です。それが問題です。どことも交信できません」

「なぜもっと早く起さなかった」

「すみません。あまり楽しそうにジュディさんと何しておられたので」

「手動に切り替えて高度を下げるしかないようだな。位置を確認しなきゃ」

「乗客が騒ぎ出した場合、オートパイロットにしとかないとわれわれだけでは対応できませんが」

「騒ぎ出したからと言ってどう対応するというんだ。それどころではないだろう。乗員乗客二百八十人全員の生命がかかっておる事態なんだぞ」

「機長っ。高度は下がってきてはいますが、手動によるものではありません。ああっ。やはり操縦不能です。この状態では、たとえ空港が見つかったとしても巡航もアプローチも着陸もできないんですよっ」

「そんなことわかっとるんですよっ」

「あっ。海です。海が見えてきました。この海に落ちてわれわれは死ぬわけですね。ああっ。私の屍体《したい》はこの海底でこのフライト・レコーダーと共に発見されることになるのですねっ」

「死を目前にした操縦士の心得を学校では教わらなかったのかっ。落ちつけ」

「では歌を歌います」

「歌わなくてもよい」

「幻覚や蜃気楼《しんきろう》でなければ、機長、前方に陸地です」

「この地形には見覚えがあるぞ。以前何度かこのあたりを飛んだことがある。ここはオマーン湾だ。前方に見えるのはアラブ首長国連邦だ」

「なんとかドバイ空港に着陸できないものでしょうか。あそこの綺麗《きれい》な金ピカの便所で小便がしたいのですが」

「そこでしても構わんよ。ああ。昔みたいに航空機関士という者がいてくれたらなあ」

「ああああ。あれはドバイです。ドバイが見えてきました」

「だが、残念ながら空港に向ってはいないようだ。ドバイ空港ならもう少し北北西に進路をとらなきゃ」

「もはや低空飛行です。わたしたちは市街に墜落するわけですね」

「泣くな。大惨事になることだけは避けたいものだが。ああ。自爆装置があればなあ」

「あっ。自爆はいやでありんす」

「どうせ死ぬんじゃないか」

「人間はどうせ死にます。だけどできるだけ長生きしたくて生きているんです。たとえ一秒でも」

「変な哲学はやめろ」

「あっ。機長。あれは何ですか。正面のあの高い建物は」

「知っとるよ。あの高いのはブルジュ・カリファだ。世界一高い建物だ」

「このままではあれに激突します。大変だ。世界戦争になりますよっ機長。誰が考えたってこれは9・11同時多発テロの報復になってしまいます。資本主義国家からイスラムへの報復です。おまけにこの機はあの時片方のビルに突っ込んだのと同じアメリカン航空ではありませんか」

「自爆する方法はないか」

「機長。歌いましょう。ご存知の曲を一緒に歌いましょう」

「You're Driving Me Crazy という曲を知っているか」

「おじいちゃんがよく歌っていました。知っています」

「では歌おう」

〽You, You're Driving Me Crazy
What Did I Do?

What Did I Do?

友人たちとイタリア料理店でずいぶん酒を飲んだため、スパゲッティを食べるあたりから酔ってきて「この店は旨《うま》いな。アルデンテ・カンタービレだ」などと駄洒落《だじゃれ》を飛ばしたりして、店を出たのは夜の十二時頃、家にたどりついたのは深夜の一時頃だ。明日の朝は早くから仕事があるので、今夜中に米を研ぎ飯を炊《た》いておかなければならないのだが、酔っていてできそうにない。ベッドに倒れ込んで、酔っているのになかなか眠れないまま、こんな話を考えた。

ダニエルは王子である。まだ十五歳だ。ある夜、伯爵《はくしゃく》である叔父のティモシーが彼の寝室に入ってきて言った。

「王が亡《な》くなったので、今夜は徹夜で誰に王位を継承させるかという会議がある。もちろんお前も継承権を持つひとりだ。明日の朝の結果次第では、お前にこのカルティエの時計をやるぞ」伯爵はにたにた笑いながらダニエルに金の腕時計を見せた。

すばらしい時計だった。ダニエルはその時計が欲しくてたまらなくなった。しかし、まだ自分が王になると決まらないうちから何故《なぜ》そんなことを言うのだろう。ダニエルはそう思って不思議だった。伯爵は寝室を出て行った。

翌朝、目醒《めざ》めたばかりのダニエルの部屋に伯爵が笑いながら入ってきた。「残念だったな。ダニエル。次の王位継承者はお前の腹違いの兄のアーサーに決った。さあ。約束通りこの時計をやろう」昨夜見せてくれたあの時計を、伯爵はダニエルに渡した。

ダニエルは驚いて訊《たず》ねた。「だって叔父さん。ぼくは王になれなかったんですよ。なのに何故この時計をくださるんですか」

伯爵はにやりと意味ありげな笑いを洩《も》らすと、低い声で囁《ささや》くように言った。「もしお前が王になっていたら、この時計は貰《もら》えなかっただろうよ」

よく意味はわからなかったものの、どことなく無気味なその言葉にショックを受け、ダニエルはいつまでもそのことを憶《おぼ》えていた。十六歳になっても、十七歳になっても憶えていた。そしてダニエルは二十歳になった。

ある夜、伯爵である叔父のティモシーがまたしても彼の寝室に入ってきて言った。「アーサー王が突然亡くなったので、今夜は徹夜で次は誰に王位を継承させるかという会議がある。もちろんお前も継承権を持つひとりだ。その結果次第では明日の朝、お前にこのピアジェの時計をやるぞ」伯爵はにたにた笑いながらダニエルに金の時計を見せた。

これもまたすばらしい時計だった。あのカルティエよりもみごとな時計だ。ダニエルは切実にその時計が欲しくなった。しかし、今度こそは自分が王位を継承することになりそうなのである。自分が王になった時、この時計は貰えないのだろうか。だが今やダニエルは二十歳。王になることができれば、こんな時計のことなど何ほどのことがあろうかという判断はできるようになっていた。

黙っているダニエルに、にやりと意味ありげな笑いを見せ、伯爵は寝室を出て行った。その笑いが無気味だったため、ダニエルはなかなか眠ることができなかった。ああ。いったいぼくはどうなるんだろう。

翌朝、目醒めたおれは台所へ行き、米を研いで飯を炊いた。

●

自分のミスでもないのに得意先からの受注内容を間違えたというので上司からさんざ厭味《いやみ》を言われ、明日は群馬の下請先へ朝早くから交渉に行かされることになったため、おれは全身に破壊的な衝動をぴりぴりと漲《みなぎ》らせたままで家に戻った。帰途、居酒屋に立寄り自棄酒《やけざけ》を飲みながら晩飯を食ったので腹は減っていない。玄関のドアを開けるとさっそくセコムがピンポン音を鳴らしはじめる。それがもうすでにいらいらする。解錠キイを差し込むと音声案内がいつもの若い女性の声で明るく言った。

「点滅しているところを調べてください」

ドアを開けたままだったのだ。苛立《いらだ》ちを募らせたままで強くドアを閉め、もう一度解錠キイを差し込む。

「お帰りなさい」

気分のいい時はこの声でほっとしたりもするのだが、今日は尚《なお》さらいらいらする。苛立たしい時によく失敗する自分の悪い癖を思い出しながらおれはひと風呂《ふろ》浴びて落ちつこうとした。浴室は寝室と隣り合わせだ。ボタンを何度か押して湯の温度を四十一度に設定する。台所では熱湯に注意を促すため女の声がこう言っている筈だ。「給湯温度が変更されました」

次に「ふろ自動」のボタンを押す。

「お湯張りをします」

わかっとるわい。だいたいお前の声は上品に澄ましていて気にくわない。たまには大阪弁でやったらどうだなどとおれはぶつぶつ言い続ける。この音声案内はセコムや給湯、それに電話や調理機などを含め家のあちこちの機器に設置設定されているが、なぜかすべての女声が同一人物の声に聞こえる。お前はいったい誰だ。音声案内のプロとしてすべての音声案内をやらされとるのか。もう少し可愛《かわい》い声でやったらどうなんだ。経理部の生意気な女係長の声に似とるが、まさかあいつじゃあるまいな。のろのろと上着を脱ぎ、下着のままで替えの下着を探す。いつもの抽出《ひきだ》しにパンツが見当らない。

「あと三分でお風呂が沸きます」

「あと二分でお風呂が沸きます」

「もうすぐお風呂が沸きます」

うるさい。いちいちうるさいんだ。黙れ。おれはとうとう怒鳴ってしまった。なんだかすっとした。あの女係長を怒鳴りつけたような快感があったせいかもしれない。なるほどなあ。これは音声案内のひとつの利用法かもしれんな。これからもせいぜい怒鳴りつけてやろうあはははははなどと笑いながらおれはベッドの上に下着を揃《そろ》え、裸になった。いつもならそろそろ、四小節のチャイムの音楽が鳴ったあと「お風呂が沸きました」という音声案内があるのだが、なぜか聞こえてこない。浴槽を見るとすでに満杯ではないか。おかしいな。なんでだろう。おれがさっき怒鳴ったから怖《おそ》れて音声案内を遠慮しとるのか。よしよし。怒っとらんよ。気にするな。浴槽に浸ったまま石鹸で顔を洗っていると突然声がした。

「こちら側のドアが開きます」

わっ。これは何だ。あっ。これは会社が入っているビルのエレベーターだ。両側にドアのあるあのエレベーターの音声案内ではないか。いよいよ女係長の登場か。いったいどうなっておるんだ。音声案内が狂ったのか。さっき一瞬女係長を怒鳴りつけた快感があったために彼女を呼び出してしまったのか。

「ファックスを受信します」

あれえっ。なんで電話の音声案内が風呂場にまで届くんだ。いや。これは書斎から聞こえてくるんじゃないぞ。この風呂の音声案内だ。明らかに家の中の音声案内が狂っているんだ。いやいや、その前のは明らかに会社のエレベーターの音声だから、家の中だけじゃない。とすると、音声案内全体が狂っているのか。そんな筈はない。そんなことになったら日本全国どえらいことになるじゃないか。これは修理屋を呼んでも片づく問題じゃなさそうだぞ。

「まもなく、右方向です。その先、斜め左方向です」

わっ。カーナビが出てきた。頭がぐらぐらしてきて考えがまとまらない。しかしこのあり得ない事態を避けねばならぬ。どうすればいいのか。おれは懸命に考えたが、あり得ない事態なのだからあり得ない結論しか出てこない。よし。それでもいい。どんなあり得ない結論があるのか。そうか。なんとなくわかりかけてきたぞ。音声案内が女らしくふてくされているのだ。さっき怒鳴りつけたかららしい。ここは宥《なだ》めるしかなさそうだ。わかったわかった。そんなに怒るな。機嫌をなおしてくれ。

だが、女の声がこう言う。「右ヒーターの鍋《なべ》の位置を確認してください」

これはＩＨ調理機の音声案内だ。鍋の底の位置がずれているといつもこう言うのだが、勿論《もちろん》今は何の調理もしていない。はは あ。まだ拗《す》ねているのか。困ったことだ。

「およそ九百メートル先、料金所です。料金は二千四百円です」

またしてもカーナビだ。やめてくれ。ふてくされているとか拗ねているとかいったものじゃない。わかったぞ。これは復讐《ふくしゅう》だ。女の女による女らしい復讐だ。どうしよう。しばらく抛《ほう》っておくか。おれは給湯の電源を切った。このままでは気が変になってしまう。音声案内は沈黙した。といっても、もう給湯に関しての案内はない筈だ。

やれやれ静かになった。だがこのままではすまないのではないかという気がして、ベッドに入ってもなかなか寝つけない。それでも疲労によって意識は次第に睡眠状態へと誘《いざな》われていく。

「起きなよー。遅れちゃうよー」

大声で、おれは飛び起きた。アニメの「時をかける少女」を見た時に観客の懸賞サービスに当って貰った目覚し時計の音声だ。主役をやった仲里依紗《なかりいさ》の声であり、昨夜就寝直前にセットしておいたのである。ついでにセコムも就寝時用の「在宅」にセットしたのだったが、いつもなら聞こえてくる筈の「安心してお過ごしください」という声は聞こえてこなかったことを思い出す。里依紗ちゃんはさすがにセッティングした通りの六時半に起こしてくれた。どうやら里依紗ちゃん、音声案内の女や女どもの味方ではないようだ。急ぐから朝食を作っている時間がない。パンにバターを塗りたくって食べ、冷えた牛乳を一気に飲む。七時過ぎに出発。セコムにキイを差し込んで施錠する。いつもなら「留守はセコムにおまかせください」と言ってくれるのだが、今日に限って沈黙している。ふん。まだ怒っとるのか、執念深い女めがと口には出さずに胸のうちで毒づく。家の横のカーポートにまわり、マツダのアクセラ20Cに乗り込む。下請先の住所をカーナビに打ち込み、画面が出たのを確認する。エンジンをかけるなりカーナビの音声案内が言った。

「メニューボタンでメニューを選んでください」

違うだろ。お前は調理機じゃないか。今朝は何も調理しなかったんだ。今ごろ出てきて何を言ってるんだよ。

「バックします」

わっ。バックなんかするなよ。ブロック塀に衝突しちまうじゃないか。やめてくれ。これはいつも朝がた外から聞こえてくる大型トラックの音声ではないか。

「バックします」

もういい。わかったわかった。すまん。いつもあんたのその声が「ファックします」に聞こえて笑っていたけど、もう笑わないし、もう大声で女の声に罵声《ばせい》を返したりしないから勘弁してくれ。な。勘弁してくれ。そう言いながらアクセルを踏むと車はゆっくり前進しはじめたので、おれは幾分ほっとする。おれを困らせようとしているのはあくまで音声だけであり、車はまともに動くようだ。見たところカーナビも画面だけは正常である。通常ならここでカーナビが「一般道です。実際の交通規制に従って走行してください」と言う筈なのだが、それは言わない。

「お風呂が沸きました」

アホか。給湯案内が今ごろ何だ。わっ。また罵《のの》っちまった。ご免なさい。ご免なさい。もう言いません。もう罵りません。謝りながら一般道を練馬《ねりま》インターチェンジに向う。

「レイ・ウェル鎌倉入口を左方向です」

あっ。お願いです。やめてください。気が変になります。あの、ここは鎌倉じゃありませんよ。東京ですよ。もういいでしょう。許してくださいよ。ああ。まだ本気で謝っていませんでしたね。すみません。すみません。あなたのような賢明な女性を怒鳴ったりして申し訳ありませんでした。あなたのような美しい女性に対してすみませんでした。いつもあなたに教えられたりその可愛い声に慰められたりしていながら、なんと恩知らずなことを言ってしまったのでしょう。わたしは莫迦《ばか》で愚かな男です。お許しください。

「ファックスを送信しました」

わっ。まだ許してくれてないよう。わたしのお詫《わ》びはそちらに送信されなかったのですね。お願いです。堪忍《かんにん》してくださいよう。詫び続けているうちに早くも練馬インターチェンジだ。この辺でカーナビの音声は練馬インターチェンジですと言い、高速への進入を誘導してくれる筈なのだが、すでにETCのゲートをくぐって関越自動車道に入っているのに、あいかわらず頓珍漢《とんちんかん》を言っておれを惑わせる。

「まもなく右方向です。その先、踏切です」

あのねえ、高速になんで踏切があるんですか。わたしの気を狂わせようという魂胆なんですね。わかりました。あんたは偉いっ。あんたは万能だ。あんたは天才だ。そしてあんたは美しい。あんたは可愛いっ。認めます。だからもうわたしを狂気に追い込むのはやめてください。さいわいにも多くの通勤とは逆方向なので、道路が空いているのが救いだ。大声を張りあげて謝り続ける中、車は埼玉県に入った。

「鹿児島県です」

鹿児島県じゃないでしょっ。埼玉県でしょっ。もう堪忍してちょー。許してちょー。発狂します。発狂して事故を起します。事故を起したらわたしは死にます。それがあなたの目的なんですかっ。やめてくださいっ。おれはたまりかねてカーナビの電源を切った。画面はブラックアウトされたが、それでも女の声は続く。

「センサーテストをしてください」

セコムの女だ。あのう、なんのテストなんですかねえ。もうカーナビは結構なので、少し休んでいただけませんか。

「簡単操作に設定されています」

あっ。調理機さん。いいんですよもう。なんとかしますので。ああ。わたしは馬鹿《ばか》でした。今まで女性を心の中で侮《あなど》り、愚弄《ぐろう》しておりました。その本性がつい出て怒鳴ってしまったのです。心を入れ替えます。いやはやもうこんなに恐ろしいものとは思ってもおりませんでしたので。懲《こ》りました。こたえました。もう降参します。

ピッ、ピッ、ピッ、ポーン。「午後八時二十分四十秒をお知らせします」ああまたそんな意地悪を。あなたはわたしを困らせて笑っていますね。そうに違いありません。それはいつもわたしが居酒屋で一杯やっている時間でしょ。そうでしょ。あなたはわたしが飲み助の酔っぱらいだと言いたいんですね。その通りです。認めます。だからもう許して。許して。お願い。

「この先、渋滞があります」

道路はがら空きじゃないですか。どこに渋滞。

「県立病院前を左方向です。その先、橋を渡って右方向です」

ですからね、高速には病院もないし川もないんですよ。ああ。どうしたらいいんだ。このままでは事故を起してしまう。どこかへ停めようか。悩んでいるうちに早くも群馬県に入った。

「北海道です」

馬鹿っ。北海道じゃねえだろうが。群馬県だろうが。おれはたまりかねてとうとう怒鳴ってしまった。いかんいかんと思いながらも悪態を吐き続ける。もう止めようがない。いい加減にしやがれ、この糞《くそ》ったれ女めが。ふてくされやがって。

「目的地周辺です。この先注意して走行して下さい」

やい女係長。高速を出てもいないのに何が目的地だ。低能のうすら馬鹿のブス女め。もうどうにでもしやがれ。

「留守はセコムにおまかせください」

わはははは。今ごろ何言ってやがる。あっ。そろそろ前橋のインターチェンジだぞ。カーナビの画面が消えているから自分で注意しなきゃなあ。見ろ。音声案内などなくったっておれは平気だぞ。今までに二回行ってるから何とかなるのさ。ざまあ見やがれ。あれえっ。なんだか車内が暑くなってきた。興奮したせいかもしれんな。おや。クーラーが効かない。

「およそ三キロメートル先、渋川・伊香保インター出口です。料金は三十一万三千八百円です」

ふん。また出たらめ言いやがる。もう驚かねえよ。阿呆《あほ》んだらめ。しかしクーラーが効かないのは困ったな。車内温度はどんどん上昇し、汗が眼に入る。窓を開けようとしたがボタンを押しても窓ガラスは動かない。ついに車本体までが叛乱《はんらん》を起したのか。音声案内の女が説得して車そのものまで味方につけてしまったのか。いかん。このままでは大事故だ。しかしどこかで停めようとしてブレーキをかけようが、試しにアクセルを踏み込んでみようが、車は同じ速度のままで走り続けるのである。あまりの暑さで頭がぼうっとしてきた。意識が遠ざかって行く。
調理機の女の声が遠くから聞こえた。「ナマ、姿焼きを始めます」

奔馬菌

春は化けもの。やうやう白うなりゆく生え際《ぎわ》、すこしあがりて、垂れたる髪の細くたなびきたる。齢《よわい》四十にして早くも初老とは面白やの安兵衛《やすべえ》。気難しさ怒りっぽさのみいや増して如何《いかん》ともし難く、虚無感不条理感理不尽さ心にひしと抱いて今日も会社を休み家の中で悶悶《もんもん》としながらおれは考える。例えば午後三時半という時間は金星のように赤く輝き清清《すがすが》しく明朗である。また午後五時半は、笊蕎麦《ざるそば》のようにきりっと締っていて男らしく、好感が持てる。それに引き換え午後の四時半というのは甚だ不愉快だ。何よりも中年女のようになま暖かいのがくどくていやらしい。四時少し前になったので、おれは今日こそ四時半を征伐に行こうと思い立った。どんな武器で成敗できるのかまったくわからないからとりあえず台所にあった擂粉木《すりこぎ》を持ち、不安そうに悲しそうにおれを見送る老母の眼を背にして玄関から表の道路に出る。

道路では仔猫《こねこ》が三匹、じゃれあっていた。なんとなくアニメの猫に似ていて可愛《かわい》らしいから、おれは声をかけた。「これから四時半を征伐に行く。お前たち、もしついてくるならそこのコンビニでカリカリを買ってやるがどうだ」

きらきらとおれを見ながら声を揃《そろ》えた。「ソレガヨイ、ソレガヨイト、イイマシタ。マル」

「カリカリ」「カリカリ」三匹は顔を見合せてそう言ってから、真っ黒な大きい眼で

「わはははは。お前ら面白いな。よし、ついてこい」

ワルツを踊りながらついてくる仔猫たちの前を歩くおれは自分に言い聞かせた。よいか。四時半というのはあくまで時間である。だから例えば四時半を指し示している時計などというものを壊しても四時半を退治たことにはならない。あれは機械であって時間そのものではない。あくまでも時間としての四時半を征伐しなければならないのだ。

住宅街の中にあるコンビニは駄菓子屋を少し大きくした程度の店だったが、それでもカリカリは売っている。いつもしくっ、しくっとすすり泣いている婆《ばあ》さんからカリカリを買い、コンビニの前で仔猫に食わせてやり、彼らが食っている間もおれは四時半を探して附近の住宅街を歩きまわった。歩道を歩いてアルゼンチン。車道歩いてシャンゼリゼエ。だがそこはあくまで住宅街だ。中学一年の時に同じ四組だった藤井康子ちゃんの家の前を通り過ぎたところで、学生なのか社会人なのかよくわからぬ男とすれ違う。男がちらと腕時計を見たので、おや、こいつが四時半なのかと思いながら

おれも慌《あわ》てて腕時計を見たが、まだ四時二十五分だった。

コンビニの前に戻ると、でかい野良猫たちが五匹集り、にゃあにゃあ悲しげに啼《な》いていた。

なにごとだ。

そしておれが野良猫たちの囲む中央の地面に見たのは、首を鋭利な刃物で切り裂かれ息絶えているあの三匹の仔猫だったのである。おれは激怒した。

「こんなことをしたのは誰だ。お前たち、見てたんだろ」

野良猫たちは大急ぎで合体した。三毛猫、虎猫、雉子猫《きじねこ》、白猫、黒猫など彼らそれぞれの毛皮の色彩は散ってそれぞれの部分に移動し、重なりあって全体を巨大化させ、ひとりの人間の形になって犯人をおれに教えてくれたのである。あいつだ。なんとさっきすれ違ったばかりの男ではないか。ではやはりあいつこそが四時半だったのだ。今はちょうど四時半だ。ああ。これこそが四時半の逆襲だったのだな。おお。時間は停まった。四時半で停まってしまった。あいつを討伐しなければならない。おれは擂粉木を握りしめてあの男の姿を追い求め、あたりを走りまわった。今やあの男がおれに逆襲するつもりで殺した可愛い仔猫たちの復讐《ふくしゅう》という使命も加わっているのだ。今でもまだあの男の姿のままでいるのかどうかもよくわからない四時半をいつまでもおれは探し続けた。電車道の横を駈《か》けると蒸気機関車が轟轟《ごうごう》と音を立てて追い抜いていき、そのあとから豪華客船がどどどどどと荒波蹴立《けた》ててついていく。

日が暮れなずみ、住宅街のあちこちの家の厨房《ちゅうぼう》からは夕餉《ゆうげ》と思える旨《うま》そうな匂《にお》いが漂ってくる。腹が減ってきた。家家には団欒《だんらん》の明かりが灯《とも》り、やがて空には月が出た。日が暮れて月が出ていて、なのにまだ四時半とはどういうことだ。もしかして時間が斜めに経過しておるのか。いったい四時半はどこにいるのだ。さっきから同じ場所をどうどう巡りしているような気がしてならない。もしかして作者が困っておるのか。続きをどう書いていいかわからなくなり、執筆を中断しているのだろうか。あるいは何か他の理由で書けなくなったのか。

その通り。おれは書けなくなった。何故《なぜ》おれが書けなくなったかを書かねばなるまい。そもそも日本という国は今、福島の原発事故によって大きな胃の病に冒されている。これでもし頭の病や心臓の病を併発し外傷を受けでもすれば日本は終りであり、それは誰もが知っており、例えばその恐ろしい夢を見て夜中に覚醒《かくせい》し、それが夢ではなくて現実の恐怖なのだと認識した時に迫ってくるものは背筋が凍りつくほどの冷酷なものだ。だが福島の人以外は、それが目醒《めざ》めている時であれば誰もがこれから眼を背けようとする。一般の社会人は日常の瑣事《さじ》に逃げ込み、政府とてすぐに国際問題や政争に眼を向けようとする。われわれ作家にしても、いかに真剣に原発事故のことを考えようとしたところで、ともすれば荒唐無稽《こうとうむけい》なファンタジイに逃避してしまうのが落ちであろう。しかもそのようなファンタジイには現実に対してどのような効果があるのか。ストレスという病から読者を遠ざけちょっとしたカタルシスを与えるくらいが関の山だ。当然のことだが問題の解決からは遥《はる》かに遠い。政府の言い方を真似《まね》れば喫緊の課題となっている恐怖の源を前にしてわれわれは立ちすくみ、ただ何もできずにぼんやりしているだけだ。

この事故はあと何十年も何百年も、それどころか何万年も何十万年も尾を引いて後世に及ぶ。その責任は誰が取るのかと言えばわれわれに決まっているようなものなのだが、それはとても取れるようなものではないのだから、結局は前の戦争を起して周辺諸国に迷惑をかけたのが自分たちのひと世代、ふた世代上の連中であると主張するのと同様に、そもそも原発を建てたのはわれわれ自身ではなくもっと地位の高い者が過去に行ったことであると言いたくもなるのだ。ここからは、あの事故さえなければよかったのだという発想から、もしあの事故がなかったらという願望充足のファンタジイに逃げ込むことになるのだが、これはあくまで楽天的な夢物語に他ならず何の解決にもならない。

ましてやおれはそんなファンタジイにはあまり向いていない作家である。だからと言ってお得意のブラック・ユーモアでギャグ、ナンセンス、駄洒落《だじゃれ》をちりばめ、フクシマを揶揄《やゆ》したりしたらどんなことになるか。現代の日本では人非人扱いされることが眼に見えている。思えば昔は危険を犯してブラックな作品を多く書いたものだったが、あの頃が懐《なつ》かしい。今、昔書いた小説を読み返してよくまあこんなことを書いたものだと思い慄然《りつぜん》として震えあがったりもする。それは女性差別であったり百姓差別であったり精神異常者差別であったり老人差別であったり不具者差別であったり外国差別や外国人差別であったり病人差別であったりしたものだが、然《しか》るに当時はそうした作品がもて囃《はや》され望まれもし、だからこそ作家としての名前も売れたわけであり、つい先だってなどは古典ＳＦのアンソロジイがあちこちの出版社から次つぎに三冊も出て、そのすべてにおれの短篇が収録され、その中には支那チャンコロといった差別語満載の「色眼鏡の狂詩曲《ラプソディ》」などという特に危険なものまで含まれていて、これを編んだ連中本当にわけがわかっていてやったのかと冷汗をかいたものだ。

さらに危険なのは、予測するつもりもなく面白半分に書いたことがのちに実現してしまうことだ。五十年前に書いた処女長篇「48億の妄想」では、街頭のあちこちに監視カメラが設置されている社会を描いたのだが、これは今や実現してしまっている。

小説ではこの監視カメラをマスコミが管理していることになっているのだが、現実には警察によって利用されているのだからより恐ろしいとも言える。さらにこの長篇では日本と韓国が戦争になる。原因は竹島ではなく李承晩《りしょうばん》ラインなのだが、勿論《もちろん》曾《かつ》ての李承晩ラインには竹島も含まれていた。また前記「色眼鏡の狂詩曲《ラプソディ》」では中国が日本に向けて核弾頭ミサイルを発射する。これらの戦争は実現こそしていないものの、おれが書いたことによって実現するのではないかという恐怖感が拭《ぬぐ》えない。そのあとも、まだこれほど嫌煙権を盛んに言い立てられていなかった頃に攻撃的な「最後の喫煙者」を書いているし、今ならとても書けない金正日を莫迦《ばか》にした「首長ティンブクの尊厳」などというものを書き、これを読んだ韓国の翻訳者が大喜びして是非翻訳をさせろと言ってきたのだが、さすがにハングルでの発表はあまりにも危険すぎると判断してお断りした。よくまあお断りしたものだと今では胸を撫《な》でおろしている。

いつ頃からこうなってしまったのか。条例の数が増えるのと比例して良識が作家までを束縛しはじめたからか。あるいはいろんな団体から糾弾されているうちに知らず知らず書くことを自己規制しはじめていたのか。どちらにせよ今では書けないことが多過ぎて、それが書きたいことを書こうとする意欲を削《そ》ぐから、書いている途中でその意欲の持続がぷつりと途切れるともう何も書けなくなってしまう。こんなことはおれの書きたいことじゃないといったん思いはじめるともう書く気が失われてしまうのだ。しかしプロの作家としてはいかに詰らぬ思いを抱きながらも書くことをやめるという訳にはいかない。しかたがないから主人公をいったん帰宅させることにしよう。

四時半はいつか遠ざかり、帰宅したあとも山猫のように夜は更《ふ》けていく。テレビをぼんやりと見ながら母親が卓袱台《ちゃぶだい》に用意しておいてくれた夕食を食べ終えたが、まだまだ空腹だ。母親は座敷へ布団《ふとん》を敷きに行っている。父親も弟もまだ帰ってはこない。テレビはドラマをやっていて、広い実験室だか化学工場だかの内部で脚本家の原稿料や原稿枚数稼ぎの煽《あお》りを受けてどうでもいいことを何人かがえんえんと議論している。腹が減って我慢できないので台所に立ち、冷蔵庫を開けると牛肉のステーキや惣菜《そうざい》が入っていた。弟の夕食だということはわかっていたが、おれはステーキを半分に切り惣菜を半分ほど小皿に取り分けた。茶の間に戻り、三本めのビールを飲みながらそれを食べる。

テレビのドラマはなんだか見たことがあるようなストーリイだと思っていてやっと気がついた。監修にやってきた若手の専門家にしてはキャラが立っているとか何とか言われて昔おれが無理やり出演させられたドラマと同じ設定、同じ筋書きではないか。あれをリメイクしたのかなと思いながら見ているうち、次第に胸の中の風船が膨らんでいくようないやないやな気分になってきた。そういえば昔あのドラマに出た時もなんだかこんないやな気分に陥ったものだ。そうだ思い出したぞ。タイトルはたしか「茶の間のプロジェクト」だった。しかしこれがなんで茶の間なのだ。これは科学的な実験をする建物の中にある会議室だった筈《はず》ではないか。

食事を終えようとしている時、玄関のチャイムが鳴った。茶の間の向こうが玄関で、間のガラス戸は開いているから玄関の戸はおれの真正面にある。母親が座敷からの廊下を小走りにやってきて、誰だろうねえ今ごろと言いながら三和土《たたき》におりた。父親も弟も、玄関が開いていることは知っているからチャイムなどはいちいち鳴らさないのだ。戸を開けるなり母親が息をのむ様子で後じさりし、下駄箱に背中をくっつけて立ちすくんだ。

「あなたがた、昼間の電話の人たちですね。息子を連れていくんですね」泣きそうな声で母親が言う。

それには返事をせず、玄関の向こうに立っていた連中が案内も乞《こ》わずなんの挨拶《あいさつ》もなく無言のままで三和土に靴を脱ぎ捨てると、ずかずかと玄関の間にあがり、茶の間に入ってきた。三人とも制服姿だったが、それが工事関係者の制服なのか軍事関係者の制服なのかは判断できなかった。テレビの正面、おれのすぐ隣に初老の男があぐらを組んで座り、その隣に中年の男が正座し、その隣にいちばん若い男が正座した。制服に階級章はなかったが、きっと階級順に座ったのだろう。母親が怯《おび》えたのも当然で、男たちは切迫した異様な雰囲気を纏《まと》っている。

　初老の男は小肥《こぶと》りで、眼は柔和だったが言葉には威圧感があった。「なぜ来たかはおわかりと思うが、ぜひご同行願いたい」

　それには答えず、おれは顎《あご》でテレビの画面を示して言った。「今見てたんですがね、こんなドラマをやってますよ。あなたがた、これ知ってたんですか」

　三人はテレビの画面をしばらく眺め、やがてほとんど同時に小さくあっと叫び、初老の男はのけぞった。彼は慌てた様子で中年の、眼光鋭い痩《や》せた男に言う。「このドラマの台本は届いているのか」

　中年男が呻《うめ》いた。「はい。届いてはいますが、この次の分は未着です。本来ならば、これを放送する前に届いていなけりゃならないんですが」

「複雑な事態なので、すべてお話しするわけにはいかんのですが」初老の男が言う。「こんなことになっている以上、ことは急を要するのです。ぜひともご協力願いたいんですがねえ」

「いやあ、そうしたいんですが、わたしも会社がありましてねえ」

不承知を顔にあらわして見せると、中年男はひたとおれを見据えた。「存じています。最近はしばしば無断欠勤されることが多いと聞いてはいますが、あなたがゼブラ産業のＩＴ要員であることは間違いありません。しかも新たなプロジェクトを立ち上げておられるから、わたくしどもにご協力いただく余裕はないかもしれません。しかしゼブラ産業の方でしたら、わたしどもでどうにでもなりますから」

「あなたがたのプロジェクトというのは、このドラマとまったく同じですか。それとも違うんですか」

おれの質問に初老の男は苦悩の表情を見せた。「このドラマ、というよりもむしろ、あなたが昔出演なさったドラマに近いわけで。つまり現在は、まだこのドラマほどの進展はないわけでして」

母親が三人のうしろを通って台所へ行き、茶の用意をはじめた。

「ああお母さん。どうぞお構いなく」と初老の男が言う。

「現在あの装置をとりつける台座はどうなっているんだ」と、中年男がいちばん若い男に訊《たず》ねた。「あれをこの人にやってもらわなければならんのだ」

若い男が意気込んで喋《しゃべ》りはじめる。「固定させたままでは、高気圧を発生させても思うようにはなりません。移動させる方法としては、海上を船舶で移動させるだけでは発生効果がありません。ここはどうしても台座の四隅を鋼索でもって吊《つ》りあげ、四機のオスプレイで高空を移動させる必要があります。大陸性高気圧の張り出し具合に応じてその進路や高度を変えなければならないんですが」彼はおれをじっと見て言った。「それが自動的にできるかどうかはプログラム次第、というわけです」

「おわかりと思いますが」初老の男性は台所をちらと見て言った。「これに加わっていただくとすれば、約二年間はわれわれの工場から出ていただくことができなくなります」

「ああ」母親がへたへたと板の間に腰を落してしまう。

「あのう、それも東大でやれないんですか」おれはわざと哀れっぽい声を出した。

「だいぶ前からでしょう。東大で研究を進めているのは」

玄関の戸が開き、父親が入ってきた。「帰ったぞう」少し酔っているようだ。

茶の間に入ってきて三人に気づき、父親はまるで腰を抜かすようにでっぷりとした尻《しり》をおれの正面におろした。「あなたがたでしたか。これはまあ、なんとも早いお越しで」

彼らが来ることを知っていたようだが、制服を見ただけの判断なのかも知れず、顔見知りなのかどうかはわからない。

「今、参加してくださるようお願いしているのですが、お父様からもどうぞご説得を」初老の男はにこやかに頭を下げた。「これがいかに重大なことかは大学で、よくご承知だと思います」

父親は頷《うなず》いた。「政府からもそんな通知が来ておりましたな」

母親が全員の前に茶碗《ちゃわん》を置きながら父親に言う。「あなた。宏明は連れていかれたら二年間、帰ってこられないんですって」

父親は茶をがぶりと飲み、すぐに吐き出した。「ああちちちちち」

若い男が軽蔑《けいべつ》の眼で父を見る。

「つまりこのプロジェクトは内密に事を運ぶ必要がありまして」中年男が父親に向き直った。「他に漏れることを防ぐため今まで詳しくお話しすることができなかったのですが、ここだけの話として申しますと、ご存知のように台風は、発生当時のままの進路だとそのまま中国へ進むのですが、大陸性高気圧の影響で北上し、さらには太平洋高気圧の影響で東へ向かうこともならず、まっすぐ日本列島を縦断してしまいます。これをなくそうというので開発されたのがわれわれの高気圧発生装置でありまして」

「申し上げるのはその辺まででよかろう」初老の男は尻がむず痒《がゆ》いといった様子で身じろぎした。

「ははあ。揚子江《ようすこう》高気圧との戦いになりますなあ。高気圧同士が戦って、こちらの装置が勝てば台風は中国へ上陸する。たとえ力が拮抗《きっこう》したとしても台風は北朝鮮、あるいは韓国へ上陸する。ついでに中国からは黄砂やPM2・5なども行く。それが日本の技術によるものだと判明すれば連中はかんかんに怒り狂って、もしかすると戦争」

初老の男はあわてて父親を制した。「あのう、もうその辺で、その辺で。言うまでもなくこれは特定秘密保護法の対象になっておりますので」

「いやですね」とおれは言った。「近隣諸国と不仲になるようなプロジェクトには正直、かかわりあいたくない」

「そこはまあ」初老がにやにや笑いながら言う。「外交努力でもって、なんとか」

その外交努力を自分がやるわけでもあるまいに、とおれは思ったが、黙っていた。

「あなた」父のななめうしろに小さくなって座っていた母が心配そうに言う。「よその人には絶対に言わないでね。でないと、わたしたち全員銃殺。いえあの、ですから」

「お前こそ」と、父が言う。

若い男がにこやかな顔を母に向けて優しく言った。「いや。銃殺ということは絶対にあり得ません」

「それでまあ、肝心のあなたですが」

初老の言葉に、全員がおれを見た。

「待った待った待った」書き続けているおれの書斎に「政府関係者」が入ってきた。

「それ以上書いてはいけません。あなたが偶然書いてしまわれたように、このプロジェクトは実際にも特定秘密保護法の対象になっているのです。それはまあ確かに昔、中曽根康弘氏が総理だった時、彼は学者を集めて台風の進路を変える方法を考えさせたのですが、当時の学者たちは近隣諸国から非難されるような技術を開発して自分たちの名に傷がつくのを怖《おそ》れたのか、あるいはただ単純に莫迦であったのか、何の案も出すことはありませんでしたし、あまり報道もされなかったし、だから騒ぎにもならなかった。しかし現在では実際にこのプロジェクトが実施されていて、参加者や関係者が外部に洩《も》らせば処罰の対象となるのです」

「待ってください」おれは言った。「わたしは参加者でも関係者でもなく、一般庶民ですよ。そういう一般人が処罰されることは絶対にないと聞いています。だいたいこれ、ただのフィクションですよ。なんで外国から非難されるんですか」

「あなたは処罰されることはない。それは確かだが」突如憲兵の顔となったその政府関係者が言う。「例えばわたしは、あなたが昔書いた『雨乞い小町』の中で作中人物に低気圧発生装置を開発させたことを知っていたからこそあなたに注意を向け続けてきた。しかしあなたがそんなことを書く作家であることを知らない関係者にとってはどうなのか。彼らはこの筒井という作家に高気圧発生装置というプロジェクトを教えたのは内部の誰なのかを調べようとする筈だ。あなたには科学者の知人が多い。父上も科学者だ。あなたは罪にならなくても、誰かが疑われ、さらに多くの人たちに迷惑がかかる。あなたはそういうことを考えたことがあるのかね」

「似たようなことは以前にもあった」とおれは答えた。「だけどね、今となってはこういうことを最近はまったく作品に書かなくなった自分を責める気持になっているんでね。まあ書かしてもらいますよ。小説が途中だ。文句があるなら書きあげてから、あるいは発表されてからのことにしてください」そしておれは書き続けるのだ。

「ただいまあ」弟が帰ってきた。

邪魔者の到来に制服組の三人が、ああ、と嘆息したり天を仰いだり、身じろぎしたりする。

弟は彼らを見て眼を丸くしたが、すぐいつもの不機嫌な顔になり、立ったままで唸《うな》るように言った。「あんたたちが誰だかは知ってるよ。ああ腹が減った」全員が沈黙する中を弟は台所へ行き、冷蔵庫を開けてたちまち大声を出す。「あーっ。これだけしかない。兄貴がまた食べたな」

「すまんすまん」弟にではなく、おれを睨《にら》みつけている母親にそう言ってから、おれは薄笑いを浮かべて制服たちを見た。

彼らはそ知らぬ顔で何やらぼそぼそと囁《ささや》き交している。

弟は憤然として、茶の間にはもう座る余裕がないので玄関の間に出ると境の敷居に足を乗せて板の間に座った。「まあ親父はいいよなあ。毎晩のように宴会やら同窓会やら教授会の流れやら何やらで、たらふく食べて飲んで帰ってくるんだから。家は抛《ほ》ったらかしでさ。おれなんか、働いてくたくたに疲れて帰ってきても食うものはない。便所は壊れたまま。小便もできやしない。あの便所、どうするつもりなんだよう。便器から小便があふれ出て、しかたないからバスタブに小便していたらそれもあふれ出して。それに誰だい、大便ができないものだから、小便器に大便したやつは。おれじゃないぞ。兄貴か」

「おれじゃない」

母が父を睨んだ。

父親が慌てた様子で弁解した。「だいぶ前から、土木の教授と上下水道の教授に頼んであるんだがね。業者を寄越してくれって。修理が必要だと言ってな」

「床下にまで小便が溜《たま》ってるぜ」弟が言いつのる。「家の前を車が通るたびに床下でちゃぽん、ちゃぽんと音がする。臭くてしかたがない。眼はひりひり痛むしさ。修理どころじゃすまないよ。大工事が必要だぜあれ」

「君。どんな具合なのか、ちょっと見てきなさい」中年男が若い男に命じる。

「わかりました」若い男は素直に座を立ち、母親に訊ねる。「便所はどこですか」

母親は若い男を案内して便所に立った。便所は座敷の彼方、庭に面した縁側の突きあたりにある。

「プロジェクト、プロジェクトか」揶揄する口調で弟は言った。「プロジェクトならおれの会社でも進行中さ。小さな会社だから、あんたがたのと比べたらろくなプロジェクトじゃないがね。それでも打ちあわせは必要だ。昼間はとてもじゃないが会議している暇なんてないから、メンバーと退社後に飯を食いながら打ちあわせしようとしても、薄給だから誰も金を持っていない。一杯飲むほどの金さえ、誰も持ってないんだ。それなのに帰ってきたら食うものがない」

おれは壁に掛けた背広の内ポケットから札入れを出し、弟に投げた。「寿司《すし》でも取って食べろ」

弟はケータイを出して寿司屋に電話しはじめた。

「法案が通れば」と、初老の男は父親に言った。「正式に環境省直属のプロジェクトになります。それでも無論、正式名称には『高気圧』とか『台風』などの字を入れたりはいたしません。なんだかわけのわからない名称になる筈です」

若い男と母親が便所から戻ってきた。

「相当ひどいことになっています」と、若い男が座に戻りながら報告する。「簡単な工事で片がつくとは思えない有様でして」

「こちらからも、業者の方へ電話しておきます」中年男がケータイをかけ、こちらに背を向けて何やら話しはじめた。

「それはあれかね、プロジェクトを立ちあげなければならない程の状態かね」初老の男は眉《まゆ》をひそめて若い男に訊ねる。

「そのようですが、わが班直属の業者で何とかなりそうにも思えます」若い男は生真面目《きまじめ》にそう言い、直属上長を通さず勝手にそんなことを言ってしまったことを少し心配する様子で、電話している中年男を窺《うかが》った。

「ドラマが進行してますよ」おれが注意を促すと全員がテレビに眼を向けた。

「土木工事のようですな」電話を終えた中年男が言う。「これは例の建屋の地下じゃないですか」

「ご免ください」チャイムも鳴らさず、玄関の戸を開けて、これはあきらかに工事用の制服を着た二人の男が入ってきた。「土木工事の業者ですが」「わたしは上下水道工事の業者です」

「やけに早いな」中年の制服がさすがに驚いた表情を見せて、板の間に佇立《ちょりつ》したままの二人に言う。「今、電話したばかりだ。あんたたち、大学の方からの依頼で来たのかい」

「だとしたら、あまりにも遅いぞ」父が大声を出した。「家族に対するわしの面目は丸つぶれだ」

「大学からの依頼だと思いますが」と、ベテランらしい土木業者が言った。「大学以外からの後押しがあったのかどうか、わたしどもにはちょっと」

「それぞれにわしが渡した筈の青写真は持ってきたかね」居丈高に父が言う。

「はい。ここに」業者たちは狭い茶の間に入ってきて制服組を奥へ押しやり、それぞれが抱いてきた青写真の筒を出して見せた。

「この卓袱台の上を片づけなさい」

父が言うと、立ちあがった母を制して若い制服が言う。「ああ、これは私が」

小皿やビール瓶やグラスが撤収されたあとの狭い卓袱台の上に業者が拡《ひろ》げた何枚も

の図面を、皆が覗《のぞ》き込んだ。

「これはいかんぞこれは」初老の男が大声をあげた。「これだとえらいことになっとる筈じゃないか。こんな場所全部に水が溜っとるとすれば何十トンにもなる。もしこれが放射能で汚染されておったらえらいことだ。汚染水のための一時的貯蔵タンクを建てねばならん。そのためにはやはりプロジェクトを立ちあげる必要がある」

「はいっ」「はいっ」中年と若い制服が力強い声で同時に頷く。

「これについても、ぜひご協力願いたい」と初老の制服がおれに言ってから、弟を振り返った。「あなたにもぜひ。そして工場の方へも」

「ああ」と、母が呻いて父の背中に凭《もた》れかかった。

「毎度ありー」寿司屋の出前がやってきた。

金を払い、弟が玄関の間に座り込んだままで特上握りをむさぼり食いはじめる。

突然二階で大きな物音がし、誰かが騒がしく歩き回る足音が響いてきた。

父が額に手を当てた。「ああしまった。爺《じい》さんを起してしまった。えらいことだ。あの爺さん、下りてくるぞ。いつも下りてきて喋りまくるんだ」

どどどどど、と階段を駈けおりてくる足音と共に、祖父が階段の下り口、玄関の間に姿をあらわした。すでに九十歳を越えていながら元気潑溂《はつらつ》、赤いジャージーのパジャマの上から純白のジャケット・スーツを羽織り、白髪を振り乱して彼は全員に喋りはじめた。「やあやあやあ。お待たせしたな。いやあお久しぶりお久しぶり。『噂《うわさ》の真相』でお馴《な》染《じ》み戦争爺さんじゃ。わはははははははは。なあにちょっと寝込んでおってな。脳炎菌の一種で奔馬性炎症菌、つまり奔馬菌に冒されておったのじゃが、これに罹《かか》ると喋り出して止まらぬようになるがまあ勘弁せい。聞きましたぞ聞きましたぞ、あんたがたの話しておったのは原子力発電所の、あの建屋のことであろうがな。電力会社も政府も困っておるようじゃが、そういう時こそわしにまかせい。核燃料棒などというものはわしが行って素手で引っこ抜いてな、まとめてダンボール箱に詰めて漁船で北朝鮮へ持って行き、一本につき百万円払ってやるから引き取れと言えば大喜びで引き取るじゃろわい。金か。金なら東京都が尖閣諸島を買うために集めた何億円かがある筈じゃ。建屋の地下は汚染水を汲《く》み出したあとにジャズクラブを作ればよい。踊れるスペースも充分あるぞ。横には言わずと知れたカジノも併設する。あそこら辺の放射性廃棄物はどうするか。なにあんなものはな、何百トンかずつ、それこそあんたたちが言うておった高気圧発生装置を載せるような台座に載せて四隅を四機のオスプレイで吊りあげて竹島の上空まで飛んで行かせてどかんどかんと落せばよい。何あれは大日本帝国の領土じゃ。何をしようがかまうものか。これを何十回、何百回とくり返すうちには竹島が埋もれて見えぬようになってしまい、鉄兜《てつかぶと》型か饅頭《まんじゅう》型の島となる。これを見て韓国が哀号と泣きわめき、そして怒り狂う。そこで戦争になるなあ。わはははははは。わしゃ戦争が大好きじゃ。なんでこんなに戦争が好きなんじゃろうのう。戦争こそが人間の本質露《あら》わになる極限の事件であり出来事なんじゃからかもしれんな。おおそうじゃ。尖閣諸島という紛争好きには堪《こた》えられん魅惑の島があるではないか。あの島島の間をコンクリートで埋め立てて滑走路にすれば、在日米軍大喜びの軍事基地となるわい。金か。金なら日本国民ひとりが千三百六十円出せば充分賄《まかな》えよう。この尖閣諸島を米軍基地にするという考えはあの石破という男も考えておった筈じゃぞ。今は何も言わんがな。さてそうなると中国は噯呀《あいや》と言うて泣きわめき、そして怒り狂う。そこで戦争になるなあ。わはははははは。ところがわしはすでに九十歳。その戦争が見られるかどうか甚だ心許《こころもと》ないものがある。ああ、戦争。早く起ってほしいもんじゃのう。わしの生きとるうちに起ってほしいもんじゃのう。戦争が起るのを見てから死にたいもんじゃのう」

喋り疲れたのか祖父はぐったりとして玄関の間に倒れ、仰臥《ぎょうが》したままで鼾《いびき》をかきはじめた。

テレビではドラマが終り、なんのコマーシャルだか、滝川クリステルが「ろ・く・

で・な・し」と言ったあと、ドラマの次回予告もなくニュースが始まった。ニュースの内容でおれはやっと気づいた。

「伺いますがね、これはいったい今の話なんですか。それともずっと大昔の話なんですかね。あるいはまた遥かなる未来の話ででもあるのか」

全員がはっとした顔をあげ、おれを見た。おれは喋り続ける。「それに父さん。お祖父さんは言うに及ばず、あなたがたはもう死んでいる筈でしょう。だいぶ前に。それに母さん。あなたもだ」

そう。そしておれはもう八十歳にもなっているのだ。父と母は悲しげに項垂《うなだ》れ、ゆっくりと立ちあがって玄関から出て行った。祖父も起きあがってその後に続き、弟までがそのあとに続こうとするので、慌てて呼びとめようとし、おれはまた気づく。ああ。この弟もすでに二十年前、心臓を悪くして死んでいるのだった。弟が出て行ったあと、周囲を見まわせば三人の制服も、ふたりの業者も姿を消している。卓袱台の上には図面もなく、小皿やビール瓶やグラスがもと通りの位置に乗っていて、玄関の間には寿司桶《おけ》もない。茶の間にはおれひとりだ。

おれはゆっくりと急須《きゅうす》に手をのばし、茶を茶碗に注《つ》ごうとしたが出てこない。蓋《ふた》をあけると茶の葉が水分を含んで膨れ上がっていたので、おれは茶の葉を箸《はし》でぎゅうぎゅう押して絞りたて、絞りたてなどと言いながら苦い苦い、苦いものを飲んだ。

メタパラの七・五人

応接室はリビング兼用になっていて、応接セットと別に四人掛けの食卓もある。応接セットと食卓の間の壁際《ぎわ》にはマントルピースがあり、マントルピースの中は電気焜《こん》炉《ろ》ではなく本物の暖炉だが、当然のことだが冷暖房機を設置した他の現代の家と同じく今は使われていない。炉床には昔薪《まき》を燃やしたかすかな痕跡《こんせき》があるものの、それは見えない。花台兼用の黒檀《こくたん》調御供机が奥行きの半分がた差し込まれているからだ。机の上は塗位牌《いはい》、花立、香炉、火立、仏飯器、リンセットが窮屈そうに置かれていて、それ以上は置けないので線香差しなどは横の、フローリングの床に置かれている。位牌には金文字で「明兆院風筆歴陽居士《こじ》」と書かれていて、位牌が示す本人の黒リボンで飾られた写真はマントルピースの上に置かれ、その写真は白髪の老人だ。

写真の主は伊川谷兆治。その妻の伊都子は応接セットの肘掛椅子《ひじかけいす》に身を沈めている。アームが木製で布張りの、暖炉にいちばん近い椅子だ。葬儀の多忙さが一段落した彼女は気怠《けだる》そうに言った。「これで二、三人弔問客が来るとこの部屋、たちまち狭苦しくなってしまうのよねえ。昔四人家族だった時はこれで充分だったんだけど」

次女の蘭子《らんこ》が殊《こと》さらに縮めたからだで窮屈さを表現しながら不満げに言う。「これ、なんでお父さんの画室か客間に飾らなかったの。あの日本間だと、どっちも広いのに」彼女は三人掛けソファの母親に近い側に、夫の崙《ろん》と並んで掛けている。「何を言うか。あの画室と日本間はいつまでもあのままにしておきなさい。あそこに仏具など置かれてはかなわん。殺風景だ」そう言ったのは暖炉から最も遠く離れた食卓の椅子に掛けている伊川谷兆治だ。場違いな所へ出現しているという自覚はなく、あいかわらず傲慢《ごうまん》さを語尾にあらわしている。

「そうですよ」崙は必ずしも義父に阿《おもね》るようにでなく、全員に向かっておだやかに言う。「だからこそこの部屋で一家団欒《だんらん》できるんじゃないの。あのきちんとした日本間じゃ、テレビは置けないし、台所からものを運ぶのだって」そうだろうと相づちを求めるように彼は妻を見た。

「でもいずれ改装しなきゃ。あんな日本間、置いといたって無駄よ」食卓の暖炉に近い椅子に掛けている長女の沙苗《さなえ》がやや遠慮がちに言ってから、画室まで無駄と言ったように思われなかったかと気にするように父親の顔を窺《うかが》う。「そうでしょお父さん」「そりゃまあ、いずれはな」老人は不服そうに言って見せ、死者の世界から吹いてくる鞴《ふいご》の風の如《ごと》き嘆息を洩《も》らすという芸をした。

「ほら。お父さん、姉ちゃんの言うことだったらいつも反対しないんだから」もともと奥眼の蘭子が不服さを示し、うわ目で兆治を見る。「昔からそうよね」

「わしは依怙贔屓《えこひいき》したことは一度もないぞ。『あねいもうと』を描いとった頃からそうだったろうが」兆治が詠嘆するような抑揚をつけて悲しげな額の皺《しわ》を見せた。「そんなこと言うなよ。情けなくなる」

「蘭子は何を言うの。こんなやさしかったお父さんなんて、滅多にいないのに」

そして姉妹がいつものように、鋭い爪《つめ》を肉球で覆《おお》った仔猫《こねこ》たちがじゃれあっているような言いあいをしばらく続ける。

「あら。やさしかったかしら。いつも怖かったわ」

「あんたが平気でお父さんにひどいこと言ったからだわ」

「ほんとのことしか言わないのわたし」

「あんたのかわりに嵜さんが優しくてよかったわ。ほんとに」

「もういいもういい」兆治はなま暖かい家族のゲーム、刺《とげ》を隠した姉妹の遊びにはうんざりしたというように、食卓に肘をついた右手で振り払うような仕草をした。「姉妹といいながらえらい性格の違いだ。わしは見ての通りで、誰が見たって外見は同じの筈《はず》だ。だけどお前たちふたりにはわしが別べつの人間みたいに見えとるんだろうな。

お前たちだけじゃなくて、きっとわしを見る人の数だけわしは違って見えるんだろう。読者にしたってそうだ。だから室内の描写ばかりで人物の描写はほとんどない。これはつまり好き勝手にその人物を想像せいということだ」

「人間にはさまざまな面がある、ということもあらわしているんじゃないでしょうか」

作者の領域に踏込んでいることを知りながら平然と笑って崙がそう言うと、兆治は大きく頷《うなず》く。「ああ。勿論《もちろん》それもあるな」

「あの印税、どうなってるの、あなた」伊都子が突然自分の役割を思い出したかのように夫に訊《たず》ねる。「最近また再版されたんじゃありませんでしたっけ」

「もうすぐ牧原さんが弔問に来られます」進行を早めたい作者の意図を察知したかのように崙が言った。「さっき電話がありまして。牧原さんならその辺のことは当然ご存知でしょうから」

涵養《かんよう》社の兆治担当編集者の牧原があらわれた。彼は暖炉の前の床の上、いつも僧侶《そうりょ》が来た時に座る深紅の分厚い座布団《ざぶとん》の上で兆治に向って平伏している。「これは伊川谷先生。このたびはどうもまことに、ありがとうございました」

兆治は文学的異化とは思えぬもののあきらかに違和感のある牧原のことばで眼を丸

くして見せる。「ずいぶん変なお悔やみだな。ありがとうって何がありがとうなんだい。普通はご愁傷様でとかご冥福《めいふく》をとか言うだろう」

牧原が顔をあげて兆治を見た。どこからか引っ張ってきた科白《せりふ》を暗誦《あんしょう》するように彼は言う。「先生。わたしは無宗教なので、冥福なんてことは申しません。ありがとうというのは、強《あなが》ち今までお世話になったことだけではなく、人間としての先生の一部をわたしの中に残してくださったことにお礼申しあげているんです」

そんな形而上《けいじじょう》的なことはどうでもいいといった気持をあからさまに、伊都子が言う。

『あねいもうと』が再版されたんですね。ずいぶん久しぶりに」

「むしろ復刻版と言ってよろしいかと思います。これが売れたら後続の八篇も次つぎと出版の運びに」どうやら牧原は伊都子が印税のことを聞きたがっていると知りながら話を逸《そ》らせたようで、ことさら感傷的に言った。「ああ、最初の絵本が出た時からもう二十年以上経《た》つんですねえ。よく憶《おぼ》えておりますが、あの時は上のお嬢さんが八歳、下のお嬢さんが六歳でした」

「あの頃までは、娘たちはわしにとってただぎゃあぎゃあとうるさいだけの存在だった。言っちゃ悪いが家畜的に世話のやける存在でもあったんだ」兆治も遠くを見る眼をして言う。「それがあの正月に、初めて娘たちの着物姿を見て、こんなに可愛《かわい》かったのかと吃驚《びっくり》したもんだ」

「わたしはこちらに伺った時、先生が珍しくスケッチなさったお嬢さんたちの絵を見て驚いて」

なんとなく回りくどい展開になるような気がしたためか、蘭子が牧原を遮って言う。

「そもそもの始まりのことは何度も聞かされたから知ってるわ。牧原さんったら、なんでそんなに説明的に話すの」

兆治は苦笑して、いつも通りの短気な次女役の蘭子に言った。「説明的というより、はっきりと説明なんだよ。読者に聞かせる、というか、読ませるためにな。あの時牧原君は『文芸ポップ』の編集をしていて、連載中だった沼下化睍『大江戸夜盗伝』のゲラを持ってきたんだったたな」

牧原は兆治の説明的な回想に調子を合わせる。「はい。あれは沼下先生から『挿絵は伊川谷君で』というたってのご希望でしたから。伊川谷先生は何しろ時代小説や歴史小説の挿絵では第一人者でしたから」

「いやいやそれほどでもないさ。しかしあの頃そのジャンルの挿絵を描く画家で人気があるのはわしを含めて三人だけだったたな」兆治は画室にしている十畳の広い座敷で仕事机を挟み牧原と対座している。編集者が訪れた場合は隣室の客間ではなく、この画室に通すのが常だったのだ。と同時にことばも過去形ではなくなり、現在形となる。

「神島仁鶴は折目正しくきちんとした絵を描く人だなあ。大きな資料室があって参考にすべき書物は何でも揃《そろ》っていて、時代考証に間違いがない。その分面白みに欠けるという評判もあるにはある。しかしわしは尊敬しとるよ。大きな書庫に資料がどっさりだから、これまでにも何度かは資料を拝借に行っておる。それからあとの一人は河島光夫。こいつは自分の好きなように描く人だ。時代考証が必要な部分は描かない。自分にわからない部分は描かないんだ。だからシュールな趣きがあって、それが評判になった。わしはこのふたりのちょうど真ん中に位置しとるのではないかな。時代考証もそこそこやるし滅茶苦茶でもない。おいどうした牧原君。何を見とるんだ」

兆治の言うことには上の空といった様子で机上の端にある一枚のスケッチを凝視していた牧原は、その声でわれにかえったように背筋を伸ばしたが、スケッチからは眼が離せぬというように、声をうわずらせて訊ねた。「あの先生、そのスケッチはお嬢さんたちを描かれたものと思いますが、ちょっと拝見させていただけませんか」

「これか」やや恥かしげなそぶりで絵をとりあげ、牧原に手渡しながら兆治は弁解して見せた。「スケッチなどわしは最近ほとんどしたことはなかったんだがね、正月にふたりが珍しく揃いで着物を着せられていて、ちょうど沙苗が去年七五三の祝いで新たに着物を新調して、蘭子が沙苗のお下がりを着ていて、ふたり揃って身丈に合う着物があるというので着せてもらっていたらしいんだ。いやこれが実になんとも蠱惑《こわく》的というか妖気《ようき》が漂うというか、和服なのにまるで妖精みたいに可愛らしく見えてな、わしゃ吃驚した。歴史物や時代物の挿絵画家だけあって和服の娘たちの美しさに大きく感動してすぐさま反応したんだろうね。そこの縁側に座らせてな」兆治は庭に面した画室の、ガラス戸で庭と仕切られた縁側を指す。「夢中になってスケッチした。どうかね。ちょっと美化し過ぎのところもあるが、わりとよく描けておるんじゃないかい」

「いやいや美化し過ぎというより何より、これはもう何と申しましょうか」食い入るようにスケッチを見つめていた牧原が、顔をあげて兆治をほとんど睨《にら》みつけるようにし、切迫した声を出した。「先生。これをきちんと絵にしていただけませんか。本にしましょう。わが社の児童図書担当部門に声をかけたいと思います。ご姉妹の日常を描いた絵本を、ぜひ作らせてください」

伊川谷兆治はその時の自分の躊躇《ためら》いかたを思い出しながらふらふらと視線をさまよわせる。「えらい突然だな。そんなに気に入ったのか」

「こんな美しいものを、わたしは見たことがありません」牧原もまた過去の感動を蘇《よみがえ》らせ眼にうっすら涙さえ浮かべて言うのだ。「ストーリイも何も要りません。ただ、ご姉妹のさまざまな姿を描いていただくだけで結構です。あの、さっそくこれに色彩を加えたものを美しく描いていただけませんか」

兆治は困惑と、半ばは満更でもないという笑顔を見せる。「そんなに気に入ったとはなあ。しかし、さまざまな日常の姿とはいうものの何を描けばいいのか。庭で遊んでいる姿か。犬と戯《たわむ》れている姿か。縁側で果物を食べている姿か」

牧原は大芝居を自覚しながらも今や露骨に黒檀の机の上へ身を乗り出した。「それそれ。そういう場面ですよ。いっぱいあるじゃないですかあ。そうですねえ。十二場面、十二場面あれば絵本になります。そしてそれぞれの場面につける文章ですが、これは絵が全部できてから考えることにいたしましょう。勿論先生が、この場面はこの文章しかないとしてお書きくださるのもいいのではないかと思いますが」

「わしは文章はどうもなあ。伊都子にでも書かせて見るか。あいつは昔、童話作家を志しておったから。二、三冊本も出しておるし」この時すでに兆治は、すっかりやる気になってしまっている筈だ。このあたりが彼の人の良さと正直さを表すところで、勿体《もったい》ぶってすぐには応じず、少しでもいい条件を相手が提示してくるのを待つ、といった芸が望み得べくもない人間であることは自分でもわかっている。

伊都子が過去形に戻って笑う。「あなたはあれからすぐ描きはじめたわね。なんだか何かに取り憑《つ》かれたように夢中だったわ。あのスケッチはふたりが並んでいるのを描いただけだからと言って、新たに別の絵を」

回想形式のさなか、当然昔を思い出した筈の沙苗が母親の言葉尻《じり》も待たずに言う。

「いちばん最初はあのスケッチと同じ、やっぱり縁側よ。蘭子とわたしの位置を変えて、寄り添ってるように顔をくっつけさせて、少し向きあわせて」

牧原は大時代な動きを見せて膝《ひざ》を叩《たた》いた。「そうそうそう。それが表紙です。あれは最初のスケッチ以上に衝撃的でしたなあ。あの表紙でなきゃ、あの絵本あんなに売れませんでしたよ。あの絵を見ただけでみんなご姉妹に魅せられて、飛ぶように売れたというとなんだか昔の木版の美人画みたいですが、ほんとにそうでして」

「美しさと、少女の持つ妖《あや》しさ、そしてあの黒い四つの瞳《ひとみ》の、人を惑わせる輝き」いつも冷静な筈の崙が、牧原たちに感化されたかのように娯楽性を伴って詠嘆するように言う。「もうすでに評判になっていたためか、本屋の店頭に置かれていた『あねいもうと』の表紙を初めて見た時には、背筋にぞろぞろっと冷たいものが走りました。お義父《とう》さんは美化したとおっしゃるけど、あの絵のお姉さんの方がぼくの同級生の伊川谷沙苗だってことはすぐにわかりましたよ。わっ。沙苗ちゃんだなんて大声で叫んじまった」

「十二場面を描くのに苦労したよ」今はもう本気で当時を思い出そうと努めるかのように兆治は言う。「あの頃はふだんのお前たちがどんな生活をしとるのか知らなかったもんなあ。縁側、食事、庭で犬と遊んでいる姿、せいぜいそんなところだ」

蘭子が急に勢いづき、思い出したことを早く言わねば忘れてしまうという焦《あせ》りを見せて言う。「そうよ。その上牧原さんの希望で、お父さんはわたしたち以外の人物を描くの禁じられちまったのよね。だからお父さん自身は勿論だけど、お母さんさえ描けなかったのよね」

牧原が当時何度も言った筈のこと故《ゆえ》に、それをすらすらとことばにして釈明する。「それはだって、わたしはあくまであの絵本をおふたりだけの世界にしたかったからです。ほかの人物が出てきたのでは、それはもう、言っちゃ悪いけど夾雑物《きょうざつぶつ》です」

「ほんとは晩ご飯だっていつも、家族一緒だったのにね。それに」伊都子はまるで今さらのように恨みっぽい横目で兆治を見、次に牧原を見る。「わたしはこの人に頼まれてあの変な文章を書いたけど、それも牧原さんの気に入らなかったのよ。もっと単純に、もっとやさしく、絵の中以外のことを読者に想像させないような文章でなんて、難しいことばかり言われて」

牧原は約束ごとながらも大いに恐縮してやたらに頭を下げる。「すみません。すみません」

「結果としてはちっとも変な文章じゃなかったぜ」兆治は反文芸的ににやにやした。「そのかわりお前らしい文芸的に味のある文章ではなくなっちまったがね。例えば、庭の場面はこうだ。

さなえさんと
らんこさんは
おにわで
いぬの　じょんと
あそびました」

「それだけだったわね」売れたのだからしかたがないという諦念《ていねん》を巧みに籠《こ》めた伊都子のことばに全員が笑う。

「でもそういうのでよかったんじゃないの」

「そう。ああいうのでよかったんだわ」

「ああいうのでよかったんです」

声を揃えるべき見せ場だ。姉妹と崙と牧原が同調した。

伊都子が自分だって憶えているのだという強調を示して言う。「もっと簡単なのがあったわよ。最初の絵が座敷の床の間の前で寄り添って座っているあなたたちふたりの絵で、文章がこうよ。

おねえさんは
さなえさんです
いもうとは
らんこさんです」

笑い出すきっかけを求めてしばし顔を見あわせてから全員が笑った。

「でもまああの絵は最初の、ご姉妹おふたりの紹介ですから」反撥《はんぱつ》をこめて殊更にさりげなく牧原は言う。「奥様は年齢も入れてらっしゃいましたが、それはない方がよいのではないかと」

「そうそう。どのページもどんどん簡単になっていったわね」作者から指示されたのか間髪を入れずいや味まじりに伊都子が言う。

「あの絵本は驚くほどよく売れました。売れるだろうとは思っていたんですが、あんなに売れるとは。児童図書としては前代未聞と言っていいでしょう」牧原は自己弁護的にそう言ってから、印税の話になるのを怖《おそ》れて話題を変えることを示すかのように声をひそめた。「あれはですな、ご家庭の奥様やお嬢様だけでなく、どうやらロリータ趣味の中年の男性が争って買い求めたようですな。まるでポルノ雑誌やその手の写真集を買う時のように、表紙を隠したり他の本と一緒にしたりしてそっとレジへ持ってくる人が多かったと聞きました」

「魅力的だったもんなあ」崙は、話がエロチックになることを避けようとしていることをあからさまに、わざと大きく嘆息した。「子供のぼくだって魅了されましたよ。お小遣いで買える金額じゃなかったから、同級生の伊川谷君が絵本になっていて、読んでいないと友達から笑われるからと母親にそう言って強請《ねだ》って買ってもらったんだった」

崙の気遣いをよそに、ここは沙苗が話を戻してしまう。「いやよねえ。蘭子は聞いたかしら。最近になってからだけど、子供の時にあの本でマスターベーションしたって告白する男性が何人かいたわ」

蘭子もその話なら乗り気になってしまうことを見せる。「何度も聞かされたわ。お父さんがあんまりエロチックに描くからよ」

娘たちに指摘されて顔を赤らめた兆治が、大袈裟《おおげさ》にうろたえて見せる。「自分の娘だ。好んでエロチックに描いたわけじゃない。ただまあ、わしの思う若い娘の理想像に近づけたことは否定せんよ。お前たちだってあの頃は綺麗《きれい》に描いてくれたといって喜んどったじゃないか」

「そりゃあだって、あの頃は何もわからないもん、ねえ」姉妹が作者の思惑通りに頷きあった。

「増刷に次ぐ増刷。そうでしたわよねえ」伊都子が話を戻すことの前触れとして意味ありげに牧原を見る。「あの印税のお蔭《かげ》で台所の改装ができたわ。今度の増刷は、いえ復刻版でしたっけ、それはどれくらい売れそうなの」

「昔のようには売れないと思いますが、努力いたしまして」牧原は編集者の常套句《じょうとうく》を口にすることを恥じて見せ、ちょっと悶《もだ》えるように身じろぎした。「なにしろまだ発売したばかりで、売りあげの報告もまだでございましてね」初版部数を言ってしまえばそんなことどうでもよくなるのだが、ここはそれを言ってしまうと身も蓋《ふた》もなくなって話の展開も停滞する。

「学校でもずいぶん話題になったなあ」牧原を助けるつもりであることをあからさまにして、崙が役柄に似合わぬ大声を張りあげ話題を変えた。「そりゃもう、二年一組のクラスメイトなんかは大騒ぎだった。女の子たちはなんだか沙苗ちゃんを敬遠していたね。男の子たちだって、自分たち同士でわあわあ騒ぐばかりで、沙苗ちゃんに直接話しかけてくるような子はいなかった。ほかのクラスの子や上級生も沙苗ちゃんを見るためにやってきて廊下から教室を覗《のぞ》いていたな。ぼくにとってもあの頃の沙苗ちゃんは光り輝く憧《あこが》れの対象でもって、とても話しかけるなんて勇気はなかった」

「わたし、孤立したわ」沙苗はその時の感情を言い表わす言葉を持たされないことに悲しんで見せる。「仲のよかったお友達まで、皆に妬《ねた》まれるからって離れて行って」

「幼稚園の子はわりと無邪気だった」対照的に、その無邪気さを象徴するかの如く蘭子が明るく言う。「よくわかってなかったのかもね。その子たちと一緒に小学校へ進学したから、わたしの場合はさいわい、孤立するなんてことはなかったわ」

どんな笑い方がいいのか決められぬままに伊都子は笑いながら言った。「家を出る時間はふたり別べつなんだけど、お父さんは二人が一緒に家を出るところを描いたわよね。文章はこうよ。

さなえさんは

しょうがっこうへいきます

らんこさんは

ようちえんへいきます」

「ああっ。あの絵も可愛かったなあ」もはや色欲的な情感を隠そうとするのは無駄と知っていることを読者に教えるため、崙が身もだえながら言う。「蘭子の、幼稚園の制服がなんともいえず可愛かった。そして次の年にその蘭子が小学校へ入ってきたんだ」

「今度は姉妹が同じ小学校の制服になったからと言うんで、次の年には第二巻を描かされた。違う場面を十二場面描くのにずいぶん苦労したもんだ」兆治は言葉とうらはらに、どうしても楽しげになってしまうという表情を見せて言う。「揃いの制服で住宅街の道を登校する姿とか、お前たちがそれまでほとんど行ったことのない丸瀬川の河原へ行って、石投げしてる姿を描いたり。そうだ。あのあたりからややフィクションの部分が多くなってきたなあ」

牧原が設定された通り自らの律儀さを示して訂正する。「あれは第二巻というのではなく、『さなえさん　らんこさん』という独立した絵本のつもりだったんですが、一般からは『あねいもうと』の続篇と受け取られたようです」

「だって続篇だもん」と、文壇的解釈に抵抗して蘭子が口を尖《とが》らせて見せる。

「あっ。あれも馬鹿《ばか》売れ」牧原はあわてた様子で営業的になり、嬉《うれ》しげに上半身を上下させる。「お姉さんがぐっと大人っぽくなったという評判で、またしても中年男性に大人気。若い人たちの中からは男女を問わず姉妹フリークが出て、ファンクラブを作りたいという連中もいましたが、これはテレビ局からの出演依頼と同様、厳重にお断りしました」

「あたり前ですよ。そこはやはりそこいら辺のジャリタレと差をつけて、あら、汚い言葉で失礼」

決して失言とは思っていないことを示すため平然として詫《わ》びる伊都子を、兆治が役柄によって苦い顔をし、窘《たしな》める。「こらこら」

伊都子はしかたがないというように弁解した。「そこはやはり、格調の高い絵本の中の女の子という品格だけは保持しておかなきゃあねえ」

義母の言葉に大きく頷き、話を本筋に戻して進展させ、崙も言う。「だからこそあの絵本の中にぼくは入りたかったんです。あの品のいい家庭の姉妹の生活の中にぼくも登場したかった。憧れの世界だったんです。それはぼくだけの憧れじゃなかっただろうけど、なんといっても姉の沙苗ちゃんはぼくの同級生だ。身近であるが故の憧憬《どうけい》というものがあるとすれば、一年からずっと変らなかったあのクラスでいちばんそれが強かったのはおそらくぼくだったろうと、それだけは自信をもって言えるんです」

「悪いことをしたなあ」兆治が今さらのようにわざとらしく悔む。「そんなに憧れていたとはなあ。そうとは知らず、牧原君から第四作目を頼まれた時、もう姉妹だけの場面は描き尽したから誰か三人目を登場させなければならんと思って、お前たちの友達をひとり登場させることにしたんだが、それは山崎嵜君ではなかったんだ。女友達ではややこしくなるしお前たち姉妹を際立《きわだ》たせなければと思ったので男友達にしたんだが、しかしあの時、お前たちだって、一緒に絵本に登場させたい男友達はいるかと訊ねたら、お前たちはふたりとも口を揃えて、沙苗や山崎君と同じクラスの加納哲也君がいいと言ったんだぞ。確かにそう言った」

「だって彼、クラスでいちばん格好よかったんだもの」沙苗はちょっと後悔するという芸のこまかい表情を見せた。「少なくともあの頃は。ねえ、そうよね」

姉に同意を求められた蘭子は強い性格を表現してきっぱりと頷く。「そうよ。お姉ちゃんのクラスでいちばん格好いいのは哲也君だったわ。嵜には悪いけど」

嵜が人のよさを示す好機とばかりに急いでかぶりを振る。「いいんだ。いいんだ。ちょっと残念だったけど、いや、正直言ってだいぶ落ち込んだけど、悪く思ったりはしなかったよ。しかたがないと思った。だって哲也は凄《すご》いイケメンだったし、背は高いし、スポーツはなんでもできたし、笑顔が素晴らしくて明るくて」

初めて夫の話題が不穏な方向に行こうとしていることを知っている沙苗は、先回りして不満そうに口を尖らせる。「あの人、今はもう、まったく違っちゃったけどね」

その前に言わねばならぬことがあるので、まるで沙苗の科白が聞こえなかったかのように嵜が続ける。「それに比べたらおれなんか色が黒くてチビだったたし、女の子からは全然相手にされなかったもんなあ。でもいくらしかたがないと思っても、あの四冊目が出た時にはやっぱり悔しかったなあ。絵本の中へ、つまりは姉妹の生活の中へ哲也だけが入り込んで、一緒に遊んだり勉強したりしてるんだからなあ。それはもう、まったく、ぼくがしたかったことだったんだよ。いやいや、実際にはぼくもしてるんだけど」

「待った待った」話が読者にわかりにくくなっていると判断した兆治が演出の指示通りあわてて口を挟む。「その前に、あの事件があったじゃないか。ほら。まさにこの短篇のテーマのひとつともいうべきメタフィクション的な事件が。あれが契機になってお前たち、哲也君や嵜君と親しくなったんじゃなかったっけ。だってそれまではクラスの男の子たちみんな、牽制《けんせい》しあってお前さんたち姉妹を遠巻きにしていたんだろ」

「そうよ。三巻めを抜かしたわ」と伊都子が進行役を担《にな》う夫の焦燥を察して言う。「沙苗がいじめられて、泣きながら帰ってくる神社前の名場面よ。蘭子がお姉ちゃんをなぐさめながら自分も泣きそうな顔になっていて。あの時の文章はこうよ。

いじめられた　さなえさんは
がっこうがえりに　なきました
らんこさんは　おねえさんを
なぐさめました」
「ああ。あれも可愛かったなあ」崙が早とちりと恣意《しい》的に過ぎた発言を誤魔化そうとして叫ぶように言った。「ふたりの泣き顔がとても可愛かった。例によってあの絵にエロティシズムを触発されたという男性も多かったのだけれどね」
「前田登美ちゃん。忘れられないわ。あの子勝気だったから、我慢できなかったのね。自分のこと可愛いと思っていたし」見せ場である。沙苗は前田登美ちゃんの口真似《くちまね》をして叫んだ。「何よあんな絵本。あんたなんかちっとも綺麗じゃないのよ。お父さんだから可愛く描いてくれただけじゃないの。あんたなんか、あんなに可愛くないわ。あんたは不細工よ。すごく不細工なのよ。偉そうにしないで」
「ああ。その時はぼくも横にいて、聞いていたよ。クラスの、皆がいるところでやられてたよなあ」話が繫《つな》がったことに安堵《あんど》して崙は笑った。「哲也も見ていた。女の子たちはみんな登美ちゃんの子分みたいなもんだから黙って見ているだけだし、男の子も知らん顔だし、沙苗ちゃんがえんえんとやられているんで、哲也とぼくは顔を見合わせてから一緒に止めに入った。やめろよもうとか、沙苗、泣いてるじゃないかとか、もういいだろうとか言って登美ちゃんを引き離した。あの時は登美ちゃんも自分のやり過ぎを自覚してたみたいだったな。ちょっと悄気《しょげ》たみたいにおとなしく自分の席に戻った」

「あれから哲也君と崙がわたしたちの男友達になったのよね。公認の、といったらおかしいけど」言葉を探し、ちょっと宙を見まわしてから蘭子も笑った。「でもやっぱり公認の、よね」

「あの場面の絵を見て、ファンの読者だけでなく、みんなが騒ぎ出したんです」自分は騒ぎ立てるような性格ではないのだと言わんばかりに牧原はそうっと身を乗り出した。「沙苗ちゃんをいじめたのは誰だ、どこのどいつだと言ってね。社にも電話がありました。週刊誌も真相を訊ねてきましたよ。フィクションが社会問題になっちまった」

「とうとうしまいには登美ちゃんが特定されて、前田さんのお宅、大変だったらしいわ。取材に来るわ、家に石を投げ込まれるわで」伊都子がいい気味だと言わんばかりに浮き浮きしている気分をあからさまに演じながら言った。「登美ちゃんは学校にも行けなくなって。今はもう前田さんのお宅とも仲良くしてるし、あんたたちも登美ちやんと仲直りしてるんだけど」

「牧原君はフィクションと言ったが」兆治は理論的な齟齬《そご》を気にして訂正する。「あれはあくまでノンフィクションだからね。たしかに絵を美化しているからフィクションの側面もあるが」

担当編集者的に牧原は言った。「三巻めもまた売れに売れましたので四巻めをお願いに行ったら先生は、もう姉妹だけの絵は描き尽したから描けない、誰か男の子をひとり出すとおっしゃって」

「君はずいぶん反対したなあ」兆治が当時フィクションであることに固執した牧原へ批判的に言う。「姉妹ふたりだけの世界が壊れると言って」

それではやはりノンフィクションではないかという批判を込めて牧原も言う。「でも先生は、それじゃもう描けないとおっしゃるので、しかたなく加納哲也さんを」

「日本間で哲也君が庭を背にしてあなたたちに宿題を教えている場面だとか」殊さら「哲也君」という名前に力を入れ、伊都子は嘲笑《ちょうしょう》的に言う。「あの時の文章はこうよ。

　さなえさんと　らんこさんは
　てつやくんに　しゅくだいを
　おしえてもらいました

にわで　ひまわりが
　わらっています」

「宿題を教えてくれたのは、哲也君じゃなくてほんとは嵜だったのよね。勉強は嵜の方がよくできたんだもの」やっと夫を褒める段階となったとばかり、ほっとしたように蘭子も笑った。

「哲也、勉強は駄目だったわねえ」沙苗はついに夫が貶《おとし》められる場面にさしかかったことを悲しむように言う。「人気者だったんだけどねえ」

「ぼくはそれでもよかったんだ」嵜は謙遜《けんそん》が過ぎて芝居が不自然になることを気にしながら言う。「実際にはぼくが君たち姉妹を教えたんだ。それだけで満足だった」

「いやいや申し訳なかった」兆治がしきりに詫びるのだが、あいにく詫びる演技は不得意である。「だからわしは嵜君も加えた四人にノンフィクション・キッズなどと命名したもんだが、しかしまさか沙苗が哲也君と結婚して嵜君が蘭子と結婚するなんて、あの時には夢にも」

「三巻めからのタイトルには困りました」牧原が話題を昔に戻して本筋へ誘導しようとする。「まさか『ノンフィクション・キッズ』なんてタイトルにはできませんから、しかたなくまたもとに戻して『あねいもうと2』、その次が『さなえさん　らんこさん2』、その次が『あねいもうと3』、そのあともずっとその調子で九巻めまで」これが最後の科白になると知っているから、彼の語尾はもはや弛《たる》みきっている。

「哲也君と崙君と沙苗が同じ中学校へ進学するまで描き続けたんだったなあ」兆治は説明的に回想する。「さすがに沙苗が大きくなりすぎて、もはや児童向き絵本には不向きになっちまった」

「もう大人の女性でしたよね、完全に」崙がおおっぴらに沙苗を讃美できる科白を喜びとともに口にした。「美しかった。中学での服装は自由だったから、沙苗ちゃんが哲也と並んで歩いているところなどはまったく大人のアベックと変りがなかったし」

「あのさあ、さっきからわたしたちのこと、美しかった、美しかったと言ってるけど、ほんとはわたしたち、そんなに美しくはなかったのよね。前田登美ちゃんの言った通りだったのよ」初めて真実を読者に明かす緊張感を漲《みなぎ》らせながら蘭子が悲しげに言う。「だってほんとにわたしたちがあの絵本の通り美しかったとすれば、テレビやグラビアなんかで引っ張りだこになってた筈でしょ」

「それはお父さんもお母さんもよくわかっていて、だからこそわたしたちをテレビに出さなかったわけでしょ」妹を補助するだけの安心感でやや緊張が弛緩《しかん》した沙苗はくすくす笑いながら言う。「一度テレビカメラが外からわたしたちを撮ろうとした時、お父さんが物凄い剣幕で日本刀振りかざして追い返したじゃないの」

「そうです」ここは押し進めてもいいのだとばかり、蘭子が決然と頷いた。「だから哲也君にしても崙にしても、ただもう絵本の中のわたしたちを、頭の中で実際のわたしたちに重ねあわせて、半ばは幻想のわたしたちとつきあっていたんです」

「君にはずいぶん助けられたな」ノンフィクションとの乖離《かいり》を気にして兆治が崙に言う。「描く場面に困っているわたしにいろんな提案をしてくれた。捨て猫を拾ってきてくれたり。まああれは作られたノンフィクションになったが」

「いいえ、そんなことないわ。あの猫、結局飼わなきゃいけなくなったじゃないの」伊都子が現実の猫の存在を強調して笑った。「ずいぶん長生きしたわよねあの猫」

「それに比べたら、哲也なんか、ろくでもない提案ばっかり」夫を貶める過程は結局自分が先導しなければならないので沙苗が大きく嘆息して見せる。「三人で探偵をやるミステリーにしましょうとか、皆で宇宙へ行くSFにしましょうとか。莫迦《ばか》なことばっかり」

「哲也君はああいうのが好きだったのよ」と、ここは気を抜いて蘭子が笑う。

「漫画じゃあるまいし、そんなものが描けるもんか」ここをはっきりさせておかなければならないので、兆治があからさまに苦い顔をして見せる。「あの男はどうも困ったもんだったな。今日だって来なかったじゃないか。どこへ行っとるんだ。わしの四十九日だというのに」

「ご免なさい」さあいよいよ現在に戻ったとばかり、沙苗は身振りを大きくして父に詫びる。「仕事なの。でも前から言ってあったでしょ。休むわけにはいかないんだって」

「崙君は来とるじゃないか」ここも強調すべきところだ。兆治はいまいましげに顔を歪《ゆが》める。「たかが宅配便のトラックの運転だろうが。誰にでも替ってもらえそうなもんだ」

「わたしなどはまあ、時間はどうにでもなりますので」自分の仕事の内容を示すべき意図もあり、崙が哲也をかばって見せる。

「そんなことないだろう。テレビ局のプロデューサーなんて、忙しい筈だ」クライマックスに近づいてきた。兆治は腹立たしげに指先でテーブルを慌《あわ》ただしく叩く。「あいつ、わしが嫌いなんだろう」

以前からの父親と夫の不仲を表現し、沙苗は泣きそうな顔を父に向けた。「だって、お父さんが辛《つら》く当るからよ」

「お前との結婚だって、ずいぶん反対したしな」ここぞとばかりに兆治はうわ目で長女を睨む。「結婚させるんじゃなかった」

自分の出番が終ったことを知った牧原の姿は、とっくに深紅の分厚い座布団の上から消えている。

室内に、着信を知らせるサティの「ジュ・トゥ・ヴ」が小さく遠慮がちに響いた。沙苗は首から提げている携帯電話を耳に当てながら立ちあがって椅子のうしろにまわり、皆に背を向けるが、声だけははっきりと聞かせなければならない。「えっ。はい。わたしですが。えっ。えっ。加納がですか。どこでですか。はいっ。はいっ。わかりました。わかりました。すぐにまいります。あの、すぐにまいりますので。はいっ。はいっ。ありがとうございます。ありがとうございます」自分を見つめている全員を振り返って泣きそうな顔を作った沙苗が告げる。「哲也、事故起したんだって。わたし、行かなきゃ」

「どこで」「今、病院かい」「現場へ行くのか」「哲也さん怪我《けが》してるの」口ぐちに訊ねる家族の声はもう沙苗には聞こえない。彼女の姿はすでに消えている。それぞれの方角に向いている家族の顔にはそれぞれの表情が浮かぶ。

「おかしいとは思わないかね」兆治が突然、いつまでも無言のままで読んでいる読者に苛立《いらだ》ち、読者のあなたに向って喋《しゃべ》り始める。「登場人物が急にあらわれたり消えたりする。何よりも死んでいる筈のわしがこうやって食卓の椅子に掛けて喋っている。これはおかしいだろう。読者として何か言いたいことがある筈だ。そう。むろんあんたに疑問を抱かせようとしてのことなんだがね。たとえあんたがこれはそういう小説なんだと思っているとしても、それならそれで何か理由がある筈だと思うだろう。しかし、何の理由もないとしたらどうだろう。当然あんたは変だと思うだろう。そうだよ。あんただよ。あんたというのは、今この小説を読んでいるあんたのことだ。いやいや、他の誰でもないあんたのことなんだよ。あんたはきっと、この小説にはたくらみがあって、そしてわしの呼びかけは、読者全部に対するたくらみであり呼びかけなのだろうと思うかもしれないが、違うんだ。特定の読者であるあんたのことだ。そりゃあこの小説の読者は他にもたくさんいるだろうが、今現在、この小説のこの部分を読んでいるのはあんたしかいないんだからね。そうだよ。わしは今まさにあんたに向かって話しかけているんだ。たくらみと言えばたしかにたくらみだが、それはあんた一人に対するたくらみなんだよ。あんたをこの小説の中に引きずり込もうというたくらみだ。そのための、特定の読者であるあんた一人にこの小説の中に登場してもらいたいがための、今やっているこのわしの呼びかけなんだよ。そしてまたそのための今までの登場人物の会話だった。実を言うとあんたを呼び出そうというたくらみの方が主目的であって、今までの話なんかどうでもいいんだ。どうだね。言いたいことがある筈だよ」

「駄目よこの人」と蘭子が言う。「いくら今までの話がどうでもいいって言ったって、やっぱりこの人、なんだか今までいい加減に読んでたみたいだもの」

「いや。そんなことないだろう」崙があなたを気にして慌《あわ》てた声を出す。「読者として、ちゃんと読んでいたと思うよ。普通だろ」

「そうそう。普通だ。まあ、虚構内存在としてのわしらの言動だって細かいところはずいぶんいい加減なんだから、そのあたりを突っ込まれるとまずい」兆治はまた、あなたに言う。「さあ。何か言いなさいよ」

「いや。それもまずいだろう」ここで突然、作者があらわれる。

彼は、というか、今これを書いているわたしは、部屋の中央、深紅の分厚い座布団の上に座っている。どうやらわたしの出現があるため牧原がわたしに場所を提供して去ったかのようだ。わたしは喋り出す。

「伊川谷兆治はわたしの分身とも言える存在で、いやいやあなたがたすべてはわたしの分身と言えるわけだから、何も言わなくてもわかるだろうけど、読者の、つまりこの人のために言っておかなくてはならないだろうね。つまりわたしがここへ登場したことで、わたしは本当の作者ではなく、作者の役を演じるだけのただの登場人物になってしまったわけだが、それと同様のことがあなたにも言えるんだ。あなたを呼び出してこの小説の中へ引きずり込もうとするのもまた同じことで、あなたが出てくるとか何か喋りはじめるとかした途端にあなたはもう読者ではなく、読者の役を演じるだけの登場人物になってしまう。だってこのわたしを含めてすべての登場人物は、現実に存在している本当の作者の創造によるものだということは自明の理であって、それはもう作者の絶対性を強調するものでしかない。さっき虚構内存在という言葉が出てきていたが、作者がわれわれ全員を虚構内存在だと決めつけることによって、その虚構内存在を創造した作者の現実における存在は不動のものとなるんだ。そうそう。メタフィクションという言葉も出てきていたね。作者がなぜこの概念に捉《とら》えられるようになったかについても簡単に説明しておこう。そもそも作者の中には、現実に生きている人たちが日常的に演技をしているように思えてならない気持があった。子供の頃からだ。日常に頻出する喜怒哀楽の場面において、人がみな定型化した喜怒哀楽を表現しているように見えてならなかった。どんな大きな局面でも、今までにない奇妙な局面でも、人はみな誰から教わったというわけでもないそれらしい演技を演じることが本能的に可能なのではないかと思えてならなかったんだ。大事件の場合でさえいざとなれば茫然《ぼうぜん》自失という演技に逃げ込むことは可能なんだからね。つまり日常というものはそのままフィクションなのではないかという疑問があり、わたしの小説の出発点はそこにあったと言えるだろう。わたしの小説の熱心な読者ならたいてい知っていることだが、登場人物の『何何のような仕種をした』とか『何何したかのように』とか『何何するかのように』とか『何何をあからさまに』とか『笑って見せた』『泣いて見せた』『怒って見せた』『喜んで見せた』などの描写が多いのはそのせいだ。これがSF的思考と結びついて処女長篇『48億の妄想』などでは登場人物の日常的な演技がテーマになってもいる。ここから虚構内存在という概念やメタフィクションという手法に到《いた》るのは至極当然だったと言えるだろう。最初にわたしが標的にしたのは『従来の小説』で、これは長篇『虚人たち』に結実した。小説の登場人物が自分たちを虚構の中の存在と意識していないのはなぜか、もしそう意識しはじめたらどうなるかを第一のテーマに、なぜ小説では時間の省略が行われるのかなどさまざまな疑問をぶち込んで、もしそうでなかったらという仮定で書き進めたのだったが、そんなややこしい話がよく読まれ、文学賞の受賞などさまざまに評価されたのも、当時人気作家だったわたしというブランドによって売れる筈という甚だ資本主義的な予測があったからでね。いやいや。無理に笑わなくてもいい。ここは笑うべきだというあなたがたの判断の正しさだけは評価しておこう。でもこの作品については発表当初から疑問を呈する批評家もいてね。それはつまり、さっきも言ったように、どのように書こうが全部作者が一人で書いていることは自明の理であって、そんなことをいくらやっても、結局は作者の絶対性を強調することにしかならないではないかという批判だった。わたしもこれには反論できず、その通りだと思ったね。こうした正しい批評がある限りは、批評は必要なのだと思い知らされたんだ。そこで次にわたしが標的にしたのは『読者』だった。読者を作品の中に引きずり込んで創作に参加させれば作者による独善性はなくなるのではないかと判断したわけだ。そして書いたのが、新聞連載小説『朝のガスパール』でね、これは連載と併行してパソコン通信のネットに会議室を作り、話の進行と時間差がさほどない形式で次をどうしたらいいか案を出してほしいと呼びかけたんだったが、ここに三百人ほどが集ってきてわあわあやりはじめ、今でいう『炎上』の状態になっちまった。中にはとうとうおかしくなって、慄然《りつぜん》とするような文章を打込んでやめてしまう人も何人かいたし、一人はついに入院した。これは大多数の集合的無意識の中に捉えられておかしくなったとも考えられる。そこで、これはどうもよくないんじゃないか、読者に大きな精神的負担を与えるのはまずいんじゃないかと考えるようになった。最近になって対談した相手の佐々木敦《あつし》も、読者に何らかの形で創作自体に参加させる、読者と一緒に書く小説は、やはり無理があるのでは、と言っている。この佐々木君は昨年『あなたは今、この文章を読んでいる。――パラフィクションの誕生』という本を出した評論家で、わたしの『虚人たち』をメタフィクションの原典として取りあげた上で、パラフィクションという新しい概念を提示し、メタフィクションからパラフィクションへの移行を暗示的に論じている人なんだが、作家が読者をどのように意識しているかが問題であり、読者を小説の中に捉えようとするさまざまな試みこそがパラフィクション的なのであると言っている。わたしはこれに刺戟《しげき》を得て創作意欲を触発させられた。で、今書いているこの短篇はまさにメタフィクションからパラフィクションへの移行を小説仕立てにしたものに他ならないんだよ。わたしは作家にこんな示唆《しさ》をする批評こそが真の批評だと思うんだが、まあ異論もあるだろうね。多くの作家が批評的になり、わたしのような作家までが小説作品の中でこんな批評的な文章を書き始めること自体、批評家を必要としなくなった最近の風潮のあらわれと見て危惧《きぐ》する声があがったりもするだろうし、例えば佐々木敦は自著に関する一連のパラフィクション対談で他の批評家とも対談しているんだが、その批評家も『批評と悪口の区別もつかぬような作家』の出現を嘆いたあとでそのようなことを言っている。ついでだが批評と悪口はイコールではないものの一般に批評の中でいちばん面白いのはやはり悪口なんだよ。言われた本人を除いての話だがね。いやいや。笑わなくていい。判断の正しさだけは評価しておくがね。でもそんなことは批評家にだってわかっている筈だ。実はこの批評家はわたしの『虚人たち』をたいそう褒め、その後『虚航船団』が出た時にはうってかわって悪口に転じた人なんだが、この時わたしは大いに戸惑った。どちらの作品も同じSF的思考から発展したものだったからだが、SF的思考という言い方が曖昧《あいまい》ならSFの読者なら誰にでもわかるあの感じ、あの感覚というしかない。しかし佐々木君とこの人との対談を読んでやっと理解できたんだが実はこの人、SFとメタフィクションが嫌いだったんだ。この人が好んで批評の対象にするのは『物語がくっきりとしていて、読者が十人いたら八、九人が絶対そう読むというラインがしっかりしたもの』であって、『そのような支配的な読解に対して、横合いから思ってもみなかったバイアスをかけて、作品に違う表情をまといつかせる』ような、つまり物語批判をメインにした批評を目ざしていたわけだ。なんだそれならSFやメタフィクションが作品そのものの中でやっているのと同じではないか、それなら今さら批評の対象にならないのも当然だとは思ったものの、さてそれではこの人がなんで『虚人たち』をあんなに褒めたのかさっぱりわからない。当時の批評文が見当らないから、どうやらメタフィクションとして評価したのではないらしいとだけは判断できるものの、このあたりは本人に訊《き》いてみないとわからないので、いつか機会があれば対談でもして確かめたいものだと思ってるんだよ。このようにしてわたしのようなごくフツーの小説家にさえ思考の深化を促すのはやはり批評であって、だから批評家のいない文壇というのは想像するだに寒ざむしい空疎《くうそ》なものだということは言っておかなきゃならないだろうね。さてこうしてそろそろ結末に近づいているこの短篇を書きあげたあと、十年がかりで本格的な長篇パラフィクションに挑戦すると佐々木敦に約束したのだったが、これはできるかどうかはまったくわからない。ところでこの人、つまりあなたのことだが」わたしはまだ読み続けているあなたに顔を向けて言う。「この伊川谷兆治があなたを呼び出そうとしたのもまさにあなたに読者としての批評を求めてこの短篇をパラフィクションに仕立てようとしたからだ。しかしそれが無理だということはわかっている。だからあとは読者であるあなたにお任せすることにしよう」

そこであなたが喋りはじめる。

附・ウクライナ幻想

その頃ぼくにとってウクライナは、ウクライナでもなくロシアでもなくソ連でもなくてウラジーミル公国だった。事実その頃、あのあたりはそう呼ばれていたのだ。

一九七二年の秋、ぼくは対外文化協会からの派遣で宇能鴻一郎《うのこういちろう》と共にソ連へ行った。モスクワ滞在中われわれの通訳を務めてくれたイリーナ・コジェブニコワという若い女性が特に行きたいところはあるかと訊《き》くので、当時はモスクワでそう呼ばれていたウラジーミル公国の、キエフへ是非行きたい、できればその近辺の所謂《いわゆる》ロシアの大地、ロシアの大草原というものを自分の足で踏んで自在に歩きまわりたい、という希望を述べたのだった。そんな願いがあったのには理由がある。ぼくはいつか「イリヤ・ムウロメツ」を書きたいと思っていたからである。

イリヤ・ムウロメツはロシアの英雄叙事詩ブィリーナに謳《うた》われる英雄である。ブィリーナの主人公としては他に歌劇にもなっている「サトコ」(以前は「サドコ」と表記されていた)があるが、何と言っても一番有名な主人公はこのイリヤであろう。ぼくがこの物語を知ったのは昭和十七年、小学二年の時だ。中村書店から出ていたナカムラ漫画の一冊として、旭太郎《あさひたろう》(小熊秀雄《おぐまひでお》)の原作、謝花凡太郎《しゃばなぼんたろう》の絵による「勇士イリヤ」というタイトルで刊行されていたこの漫画に、ぼくは夢中になった。何よりも昭和初期モダニズムの絵がすばらしかった。そしてイリヤの奇怪な生い立ちとその不思議な武勇伝、さらには背景として描かれる陰鬱《いんうつ》で暗いロシアの大地と空。その漫画は友人の誰かが貸してくれたものだったのだが、以後、もう一度読みたい読みたいと思いながら再び眼にする機会はなく、そしてソ連へ行ったこの時に到《いた》っていたのである。自分で書こうと思い始めたのは作家になってからで、事実この旅行を終えたのち、ぼくは手塚治虫《てづかおさむ》に挿絵を依頼し、一九八五年に単行本として上梓《じょうし》している。手塚さんに頼んだのは、手塚さんもまたイリヤのファンであり、「勇士イリヤ」も含めナカムラ漫画を全冊そろえているということを伺ったからである。その本のコピーを戴《いただ》いてはじめて、ぼくはあの「勇士イリヤ」に再会したのだった。

勿論《もちろん》それはソ連から帰国したのちの話であり、話を戻せば、キエフに行きたいというぼくの希望をイリーナさんは快く叶《かな》えてくれたのだった。この時、宇能鴻一郎は同行しなかった。モスクワでもっと見たいものがあったか、キエフに興味がなかったか、あるいはその両方であったかもしれない。イリーナさんは車を調達してくれ、もう一人、ソ連作家クラブの男性と一緒に同行してくれた。朝、出発し、広い道路をどんどん西へと走れば、昼過ぎにはキエフの町の尖塔《せんとう》が見えてくる。おおキエフ。イリヤが仕えたウラジーミル太陽公の町。そしてロシア文明発祥の地でもあるキエフの町。この町でわれわれは車を降りて散策し、昼食をとった。この時、ぼくは町でピロシキが売られていることを発見した。ああピロシキ。このロシア名物の揚げパンをぼくはどれだけ食べたかったことか。宇能さんも同様だった。モスクワでは何軒かのレストランに入ったが、もうひとつの名物、肉団子の入った赤いスープのボルシチはどこでも食べられたものの、ピロシキだけはどこにもなかったのである。帰途ぼくはもう一度この店に立ち寄り、宇能さんのためにピロシキを買う。モスクワのロシアホテルに戻ってからロビーのテラスで宇能さんにこれを渡すと、人目もかまわず彼がこれにかぶりついてくれたので買ってきた甲斐《かい》があったと思い嬉《うれ》しかった。

さて、ウラジーミル公国である。キエフからさらに車で郊外に行き、イリーナさんはぼくの望み通りの大草原へ案内してくれた。ぼくは車を降り、短い芝のような雑草がまばらに生えた大地を、踏みしめるようにして歩きまわった。地面は柔らかく、靴が地表から僅《わず》かに沈み込むようでもあった。幅が三メートルほどの小川が流れていて、数羽の家鴨《あひる》が泳ぎ、川岸では三人の主婦が洗濯をしている。絵に描いたようなのどかな光景だ。しかし今思えば、ぼくはどうやらチェルノブイリのすぐ近くにまで来ていたようだ。チェルノブイリはこの時まだ着工されたばかりで運転が始まるのはこの六年あとだから、そんな原発の存在などこの時のぼくは何も知らない。のちにあの大事故のことを知り、あの洗濯をしていた主婦たちは無事だったのだろうかと気になったものだ。チェルノブイリの語源にもなった、その近くに多く自生していると言われているオウシュウヨモギ（チェルノブイリ）やニガヨモギがあの草原に生えていたかどうかは不明だが、ヨハネの黙示録の「チェルノブイリ（ロシア語でニガヨモギと同じ発音）という星が落ちて多くの人が死ぬ」という予言がチェルノブイリ原発事故を予言したものだというのは都市伝説の一種に過ぎず、チェルノブイリはあくまでオウシュウヨモギである。

　この日、空は晴れていた。ぼくは「勇士イリヤ」の絵からもっと暗い空を想像していたのだ。のちに書いた「イリヤ・ムウロメッツ」にも、あちこちでロシアの暗い空の描写をしている。

「糸の切れたあやつり人形のように、ぐったりとした姿で、イリヤはただ、じっとしているだけだ。北国の空は曇っている。重く黒い雲が低く低く、屋根のすぐ上にまで垂れ下がっている。イリヤは北風の音に耳をすます」

　イリヤの物語の冒頭近くだが、実に奇奇怪怪な生い立ちだ。生まれつき手足が萎《な》えていて、手も動かせず立つこともできず、臥暖炉《ね》の上にすわったままで三十年の間、物思いに沈んでいたのだ。

「黝《くろ》い空の下、荒野を吹きわたる風の中を、三人の旅びとがやってくる」

聖人と思われるこの三人によってイリヤは立つことができ勇者としての大きな力を与えられる。三人の旅人はイリヤに、ロシア正教のために戦うことを約束させ、去っていく。イリヤが年老いた両親の働く農地にやってくると、切り株を掘り返すことに疲れきった両親がつみあげた草の上で眠っている。

「イリヤはさっそく、大きな樫《かし》の木の切り株を根こそぎ引っこ抜き、ドニエプル河に投げこむ。ああ大いなるイリヤよ。彼が次つぎに投げこむ切り株でドニエプルの流れは今にも塞《せ》きとめられそうだ」

ドニエプルはロシアからベラルーシ、そしてウクライナに流れ込み、チェルノブイリのすぐ横を通ってキエフを流れ、やがて黒海に注ぐ大河である。キエフへ行った時ぼくもどこかでドニエプル河の中流を渡っている筈《はず》だが記憶にない。

キエフに行ってウラジーミル公にお仕えするというイリヤに、両親は嘆き悲しみ、そして祝福する。

「朝まだき、イリヤは家を出る。暗雲たれこめる寒空の下、イリヤは荒野を行く」

イリヤの姿がぼくの歩く草原に浮かびあがる。若いあし毛の馬に乗り、自ら作った槍《やり》を持ち、背にはやはり手製の強弓。そして矢筒には多くの矢。イリヤの美しい顔に風は強く吹きつける。

「行け。勇士イリヤ・ムウロメッツよ。目ざすはキエフ」

キエフ郊外では晴れた空しか見ていないのに、なんで文章となるとこんなに陰鬱な空しか書くことができないのか。やはり謝花凡太郎の絵が頭から離れない所為《せい》であろう。このあとイリヤは巨人スヴャトゴルと兄弟の約束をし、その死を見守る。

「灰色の雲の走る下にうちひろげた草原。その叢《くさむら》には、さても不思議、はて奇妙、ぽつりと置かれた白く巨大な石の棺」

この巨大な棺に、ふざけて横たわったスヴャトゴルは、面白がってイリヤに蓋《ふた》をしてみろと言う。棺に蓋をするなどとんでもないことだと言うイリヤに、無理やり蓋をさせたものの、その蓋が取れなくなってしまう。これこそが私の棺であったと悟ったスヴャトゴルは、自分のからだから出て棺の蓋の隙間《すきま》から溢《あふ》れ出る命の泡をイリヤに舐《な》めさせ、身につけさせて死んでいく。

「イリヤは兄に別れの挨拶《あいさつ》をし、やがて馬に乗り、轟轟《ごうごう》と風吹き荒《すさ》ぶ草原を去って行く。今は巨人の力を身にたくわえ、その偉大さを心に秘めて」

そしてイリヤは名高いチェルニーゴフの町へやってくる。この町を抜け、近道をとってキエフへ行こうとしたのである。だがその時チェルニーゴフの町はバスルマン軍に攻め立てられていた。キエフはもうすぐだったが、チェルニーゴフの苦境を見すごして通り抜けるわけにはいかない。

キエフの北、ドニエプル左岸にあるチェルニーゴフ公国の支配権は当時絶大で、北はイリヤの生地ムウロムにまで及んでいた。ムウロメツというのはムウロムの人という意味である。領内の都市にはブィリーナ「サトコ」にも出てくる経済都市ノヴゴロドなど多数があった。ロシア正教のために戦えと言ったあの三人の旅人の言葉を思い出し勇士の心は燃え立つ。群がる異教徒の軍勢のまっただ中に駆け込んだイリヤは鉄の棒を振るい何百人もを倒し、これを見たチェルニーゴフの軍勢も城門からうって出る。かくて修羅場。敵の大群は退却し、住民はイリヤを神の救いと見て出迎え、貴族は栄誉をもってイリヤを歓迎し王と王妃に謁見《えっけん》させる。

イリヤはどうやら類《たぐ》い稀《まれ》な美貌《びぼう》であったようだ。王は「白く美しい若者よ」と呼びかけるし、のちにはウラジーミル公が「イリヤの白い手をとり、その甘き口に接吻《せっぷん》」したりもするのだ。

このあとイリヤは数数の奇っ怪な妖怪《ようかい》どもを退治する。まずはキエフに向う途中の森で悪魔ソロウェイと対決する。匪賊《ひぞく》ソロウェイ又の名怪鳥うぐいす丸は、その鶯《うぐいす》のような鳴き声、また蛇のようにも鳴き野牛のようにも鳴くというその鳴き声を聞いたが最後、いかなる駿馬《しゅんめ》も死んだように地上に倒れいかなる勇者も気を失うというのだが、イリヤはびくともせず強弓に矢をつがえ、ソロウェイの右の眼に突き立てて、この悪魔の黄色い巻き毛をば鐙《あぶみ》に縛りつけ、さらにソロウェイの棲《す》み家《か》に立ち寄って一族を滅ぼし、ついにキエフの町へとやってくる。

ロシア文明発祥の地であるキエフの美しい町、多くの尖塔があるあの町は今もあのままだろうか。今はただ、不幸な戦いの中にあるウクライナの首都、あの伝統の町キエフに戦禍が及ばぬことを願うばかりだ。中心部にある聖ソフィア大聖堂の円筒の建物の上に黄金色のドームが乗ったあの大聖堂もイリヤは眺めたのだろうか。町の中の祈りの場でもあった荘重な聖ヴォロディームィル大聖堂を。美しさを誇る聖ミハイール大聖堂を、そしてのちにキエフ随一の観光名所となる、洞窟《どうくつ》大修道院の名で知られたキエフ―ペチェールスカヤ大修道院の建築物群を。あれは今もあのままの姿でいるのだろうか。いや、そもそもあれはイリヤの時代の前にできたものなのか、それともそのちの時代の建造物なのか。とまれ馬上のイリヤと、鐙にくくりつけられているソロウェイを見たキエフの町の住人たちの驚きはいかばかりであったか。かくしてイリヤは美しい宮殿で、赤き太陽と呼ばれたキエフのウラジーミル公に拝謁する。「イリヤ・ムウロメッ」の解説をお願いしたブィリーナ研究の第一人者、中村喜和先生によれば、この作品は是非とも音読していただきたい。その際「イリヤ」は「イリヤー」と、「キエフ」は「キーエフ」と発音していただきたいとのことだった。

この功績によって王の臣下に加えられたイリヤは、しばし連日の饗宴の席に列《つら》なっていたが、やがて王に願い出る。「公のお傍には、思慮深いドブルイニャ・ニキーティチはじめ、ミハイル・イヴァノーヴィチ、さらにはかの勇士にしてキエフ一の伊達《だて》男アリョーシャ・ポポーヴィチなど、多くの勇者がおられます。わたくしはロシア正教を護《まも》るため、この国の遠い国境に赴いて戦いたいのです」ここに出てくる勇士たちもまた、それぞれがブィリーナとして謳われている。

ウラジーミル公がその願いを聞き届けてくれたので、イリヤは国境に向う。

「黒雲の下、イリヤとその軍勢は進む。吹きすさぶ風のなか。国境へ。国境へ。国境は広漠たる荒野の果て。その彼方《かなた》はもはや異境、暗黒の異端の地」

国境の地にまず現れるのは色青ざめた若い女の顔をし、ながいながい着物を着て天空を通るすそながの幽霊。兵士たちがはらわたからの悪寒《おかん》に震え全身しびれて動けぬ中、イリヤの鉄の矢によって首の根を突き通され、がらがらという轟音と共に大地に墜《お》ちる幽霊。なさけなやと恨めしげな顔とかよわき胸と小さな手があるばかりのその幽霊は、朝方には溶けてしまう。

国境を襲う韃靼《だったん》人の群と戦い続ける日常。そんなイリヤのもとへキエフの災厄が報じられる。イードリシチェという性根の悪い化け物がおどしをかけてきて、あいにく王の傍に勇者はひとりもいなかった。化け物はたちまち宮殿を乗っ取ってやりたい放題。これを聞いてイリヤはただちに乞食《こじき》に変装して単身キエフに向う。

「雲垂れこめる黒い空、襤褸《ぼろ》の着物を身にまとい草鞋《わらじ》をはいて杖《つえ》をつき、風吹きすさぶ荒れた野を馬にも乗らず馬より早く、心急《せ》くまま北へ北へとひたすら徒歩でいそぐのだ」

このあとイリヤは森で白眼の化けものと遭い、その両眼に矢を突き立てて倒す。世にも珍しい白眼をふたつ手に入れたイリヤは、泣き顔のまま北の空へと漂っていく化けものを「おろかな奴《やつ》よ」と見送る。

宮殿に戻ったイリヤがイードリシチェを退治するまでは、イリヤはただの英雄である。だがここからイリヤのダークサイドの面が次第にあらわれるのである。漫画では後半のこの部分は省略されているが、イリヤらしい複雑さがあらわれるのはこのあたりであって、ぼくはその部分を力を籠《こ》めて書いている。まずイリヤはウラジーミル公に反逆するのだ。その理由はつまらないことで、王は宴を張るのだがイリヤを招くことをうっかり忘れていたのである。イリヤは憤《いきどお》る。「かくの如《ごと》き汚辱を受ける時、わが心は燃える。それあるが故《ゆえ》のイリヤ・ムウロメツなのだ」

　イリヤが強弓に矢をついで引きしぼり、その矢が飛べば、矢は宮殿の窓を貫いてウラジーミル公や貴族を驚かせ、黄金の尖塔を千千に砕き、また他方の矢は教会の、霊《れい》験《げん》ある黄金の十字架、黄金の円屋根を砕き散らす。崩れ落ちたは多くの黄金の破片である。これを掻《か》き集めたイリヤは王立の酒場へ行き、たむろする貧民、食客、酔いどれどもに酒を振る舞う。「いやはやこれはまことに結構。ご馳走《ちそう》さま、ありがとう」大地に散らばる百万の黄金、奪いとりかっさらい、とって返して酒に替え、全員がイリヤと共に青き酒に酔いつぶれるのだ。

　思いもかけぬイリヤの謀反《むほん》に驚愕《きょうがく》したウラジーミル公は、新たな宴を催し、イリヤを招く。誰を招きに行かせるかが問題となり、ここは読み書きにすぐれて考え深く、道理ある言葉で説得できる利口な者をということで勇士ドブルイニャ・ニキーティチを行かせる。イリヤはかの酒場にいた貧乏人すべてをひきつれて宮殿にあらわれ、王と和睦《わぼく》する。ウラジーミル公がイリヤの甘き口に接吻したのはこの時である。実際には、王立の酒場が開設されたのはイワン四世の時代であり、イリヤの時代には存在しなかったようだ。また、ウラジーミル大公が没したのは一〇一五年だから、イリヤが仕えていたのもその時代であったと考えられる。また、調べたところによると聖ソフィア大聖堂が建てられたのは一〇三七年、キエフ—ペチェールスカヤ大修道院の建築物群は十一世紀半ば（聖ヴォロディームィル大聖堂だけはずっとあとの時代の一八九六年）だというから、もしかするとイリヤによって宮殿や教会の屋根が滅茶苦茶になったあとこれが取り壊され、その跡地へすぐに建てられたものなのかもしれない。いずれにせよ尖塔の屋根がすべて本物の黄金でできていたというのだから、イリヤが見たのは現在の建物よりも立派だったのではないかと思われる。むろんイリヤは伝説中の人物だから、これらはすべてぼくの幻想だ。

イリヤには息子がいた。母親はサルイゴルカ、息子の名はボドソコリニク。イリヤの若き日の、たった一度のあやまち。この息子が年老いたイリヤ以上の力を持ち、キエフへ行ってウラジーミルを生捕りにし、かの黄金の都をわが手のうちにおさめようと荒野を馬で疾走していくのだ。キエフを護る使命によってイリヤは息子と戦い、苦闘の末わが子を雲ぎわの高みにまで投げあげ、地に落して粉微塵《こなみじん》にしてしまう。「両雄並び立たず。これぞイリヤ・ムウロメツの息子。英雄なればこそ命を落し、かくてその歌は今もうたわれ、世から世へと語り継がれる」

息子を殺してしまうのだから凄《すご》い。漫画では、当然のことながらこの部分も省略されている。

最後の章はイリヤの最後の戦いとなる「ママイの戦い」である。花の都キエフめざして四方より集る軍勢で二百露里四方は隙間もない。大地の窪《くぼ》まぬのも罅《ひび》割れぬのも不思議。土煙で暗雲が立ち籠め、その不気味な暗さにキエフの人びとはもう命のほどもおぼつかぬと、ひたすら神に祈るのみ。英雄たちはみな国境を護る戦いに出て不在。この部分を再読すると、キエフの現状を思い出し、なんだか今の情勢が予言されているように思えてならない。勿論キエフのこのような窮境は現在だけでなく、他国の侵害を受けた不幸な歴史を持つウクライナには過去何度もあったことなのだ。

キエフもこれまでかと思われた時、イリヤ・ムウロメツが駆けつける。彼は諸方の勇士に檄《げき》をとばして宮殿に集め、かくてママイとの戦いが始まる。イリヤが敵将ママイの首を刎《は》ねたあと、勇士たちは五日五晩にわたって戦い続け、ついに敵をひとり残さずすべて屍《しかばね》にしたのだった。だがここでイリヤに最後の不幸が訪れる。十人の勇士の中にスズダリから来ていた二兄弟がいて、これが勝利を自慢し「もはやわれらに勝つ者なし。たとえ天軍が押し寄せたとて、われらには敵《かな》うまい」と言ったのだ。その時、倒れていたママイの軍勢が五倍の数に増えて起きあがり、イリヤたちに襲いかかってくる。これぞ天軍。自慢した報いがやってきた。勇士たちはまたしても立ち向かい、六日間斬《き》り続けたものの、天軍は倍に倍にと増えるばかり、イリヤは天に向って「神よ。われらの思いあがりをお許しください」と叫ぶ。

「天軍はたちまち地に倒れ伏したものの、勇士たちに罰は下った。すべての勇士は石となり、大地にうずくまる。もはや何千年、何万年を経ようと動くことなし」

こうして彼らは伝説の石となった。

「彼らはのちのちの世までブィリーナに歌われ続け、そして今、ここに蘇《よみが》えり、今ここにイリヤ・ムウロメツの物語は終る」

手塚さんは挿絵を描くのに三年近くもかかり、やがて「イリヤ・ムウロメツ」は講談社から出版された。この単行本は初版だけで絶版となっていたのだが、近く出版芸術社から挿絵も含めて復刊されることになった。

ウクライナに関してぼくは、政治的な発言をする気をまったく持たない。ただウクライナとロシアの不和を悲しむだけだ。モスクワではいろんな人と逢《あ》い、親切にしてもらった。伝統あるソ連作家クラブのレストランは中央の大階段から酔っぱらったゴーリキイが転げ落ちたという伝説のある古い大きな建物で、このレストランでぼくはストルガツキー兄弟のお兄さんを見かけたのだが、イリーナがぼくと逢わせようとしたものの、ちょうどイワン・エフレーモフが亡《な》くなり、そっちへ行かねばならないというので逢えなかったのは残念だった。ロシア文化の原点ともいえるウクライナにモスクワの人たちが執着する気持もわかるので、今年もまた来日したという日本贔屓《びいき》のお嬢さんを持つプーチンに、自国民の大多数と欧米諸国との板挟み状態に立つ苦境を乗り越えて平和への道を探ってほしいものだ。ああ。キエフの町やモスクワのあちこちで逢った人たちは今、どうしているだろう。そしてあの美しかったイリーナはどうしているのだろう。今も健在か。

解説

佐々木敦

単行本『世界はゴ冗談』は二〇一五年四月に刊行された。本書はその文庫化である。短編集としては『繁栄の昭和』（二〇一四年九月）から約半年で出されており、二〇一〇年代＝テン年代の前半に筒井康隆が発表した短編を、おおまかなテーマに沿って二冊に割り振った感がある。『繁栄の昭和』が「ノスタルジー編」で『世界はゴ冗談』は「ナンセンス／シュール編」という感じだろうか。ではテン年代に入ってからの長編はというと、筒井がライトノベルに挑戦したと話題になった『ビアンカ・オーバースタディ』が二〇一二年に、『朝のガスパール』（一九九二年）以来二十年ぶりの朝日新聞連載小説『聖痕』が二〇一三年に刊行されている。本作品集以降の筒井の小説作品については後で述べることにして、早速内容に入っていきたい。

九つの短編小説に「附」として随想「ウクライナ幻想」が巻末に収録されている。順番に解説していこう。最初の「ペニスに命中」は、いきなり強烈なタイトルだが、中身も強烈である。「食卓の上の置時計がわしを拝んだ。時計とは柔らかいものだが、人を拝む時計というのは面白い」という書き出しからしてわけがわからないが（ダリ！）、一言でいうならこれは「暴走老人（Ⓒ石原慎太郎）小説」である。高齢のせいなのかどうかは定かでないが、意識や精神や認知や記憶の具合が相当におかしくなっている「わし」の一人称で綴《つづ》られることによって、「信頼出来ない語り手」どころか「まったく信頼出来ない語り手」による語りが現出する。かと思えば、こんなくだりもある。「惚《ぼ》け老人だから何をするかわからぬという怯《おび》えた顔をしとるが、わしはお前らの言う認知症などではないぞ。わしは謂《い》わばパラフレーズ症なのだ。別名互換病」。互換は語換でもあり、筒井流の自由奔放な言語遊戯が炸裂《さくれつ》する。こうしたタイプの作品は過去にもあったが、ここでの叙述のアナーキーぶりは完全に一線を越えた感がある。巻頭に置かれたのはインパクトゆえだろう。だがもちろん、この超弩級《どきゅう》の惚けっぷりは緻密《ちみつ》な計算と繊細な技術に支えられている。当たり前だが、筒井自身はまったく惚けてなどいない。私見では、本作や「奔馬菌」によって筒井の書法はまたもや新たな段階に入った。そしてそれは現時点の最新短編集『ジャックポット』（二〇二一年）収録作に受け継がれてゆく。

「不在」は「ペニスに命中」から一転して静謐《せいひつ》さに包まれた作品である。だが「高齢化社会」というテーマは繋《つな》がっている。章ごとに場面と人物が変わる一種の並行世界ものだが、もうひとつの重要なテーマは、明らかに東日本大震災と福島の原発事故である。阪神淡路大震災の被災者でもある筒井にとって、「3・11」は他人事《ひとごと》ではない。本短編集のそこかしこに、あの日とそれ以後の時間への直接、間接の言及が刻まれている(そういえば「ペニスに命中」にも「わし」が「さっきから何度も何度も『廃炉にせよ』『廃炉にせよ』とスローガンめいたことをわめき続けておる」などと言う場面がある)。

「教授の戦利品」は「蛇嫌いその一」から「その三」までがまず簡単に紹介され、それからより詳しい説明というかたちでブラックユーモアに満ちた事件が物語られる。無駄な要素のほとんどない、端正な短編小説である。相変わらず、こういうアイデアストーリーを書かせると筒井は抜群に上手《うま》い。

「アニメ的リアリズム」は、もちろん東浩紀《あずまひろき》の「ゲーム的リアリズム」が思い出されるが、これは文字通り、アニメ独特のデフォルメされた映像表現を小説の描写にそのまま適用すると一体どうなってしまうのかを全編にわたって実践してみせた作品である。しかしもちろん、単なる実験には終わっておらず、ちゃんとお話としても面白いのが流石《さすが》である。

「小説に関する夢十一夜」は、もちろん夏目漱石《そうせき》の「夢十夜」が思い出されるが、題名の通り十一の断章で「夢」と「小説」に関する思弁と思考が展開される。エッセイ的な趣きのパートもあるが、これはやはり小説である。近年の筒井小説のひとつの傾向として、変格私小説とでも呼ばれるべき、回想と身辺雑記と小説論／虚構論と物語とが混然一体となったユニークなスタイルの作品群があり、本作もそのひとつと言ってよいだろう。「十夜」ではなく「十一夜」というところに「3・11」の影を見出《みいだ》すのは考え過ぎだろうか？

「三字熟語の奇」は筒井の専売特許と言ってもよい偏執狂的な言語遊戯作。とにかく延々と三字の「熟語」が膨大に並べられていくのだが、ただ羅列されるだけではなく、熟語の並びに思わずニヤニヤしてしまう仕掛けが施されていたり、後半に向かうにしたがって漢字違いや存在しない熟語（？）が紛れ込んできたりと、まったく油断がならない。老いてなお衰えることを知らぬ筒井の天才が遺憾なく発揮された作品である。

表題作「世界はゴ冗談」は三つの独立したパートから成る、どこか肩の力の抜けた雰囲気の、だがどれも読後感が絶妙な作品である。筒井はかつて、三百五十六編もの掌編／断片がランダムに詰め込まれた特異な作品集『天狗《てんぐ》の落し文』（二〇〇一年）を出しているが、この作品の感触はちょっとそれを彷彿《ほうふつ》させる。

「奔馬菌」は、次の「メタパラの七・五人」と共に、本短編集の白眉《はくび》である。「春は化けもの。やうやう白うなりゆく生え際《ぎわ》、すこしあがりて、垂れたる髪の細くたなびきたる」と『枕草子《まくらのそうし》』のパロディから始まるが、すぐに「午後の四時半の征伐」という俄《にわか》には意味の摑《つか》まえ難い目的(?)が掲げられる。ところが読み進めていくと、唐突に「さっきから同じ場所をどうどう巡りしているような気がしてならない。もしかして作者が困っておるのか。続きをどう書いていいかわからなくなり、執筆を中断しているのだろうか。あるいは何か他の理由で書けなくなったのか」と、あからさまにメタな展開となり、そのまま「福島の原発事故」以後の日本国家と日本社会をめぐる「作者=おれ」のきわめて率直かつ真摯《しんし》な述懐が続くのである。つまりある意味で小説としては瓦解《がかい》していくのだが、書いたのは他ならぬ筒井康隆なのだから、それは「思わず本音が出てしまった」などといったアクシデンタルな、意図せざる失策であろうはずがない。作者は明確な狙《ねら》いをもって、このような自己破綻《はたん》する小説を書いたのである。震災後、多くの作家が失語状態に陥った。しかし筒井は書かないという選択も「書けない」と書く、という狡《ずる》い選択もしなかった。彼はあくまでも小説を書くことを通して、あの未曾有《みぞう》の悲劇に対峙《たいじ》しようとした。その結果、作品としては歪《いびつ》なものになったとしても、それでも書いてみせるのが筒井康隆なのだ。彼ほどの手練《てだれ》であれば、もっとわかりやすい、メッセージが伝わりやすい震災(後)小説も書けただろう。だが、筒井はそうしなかった。結果として「奔馬菌」を含む本書に収録されている作品の幾つかは、これまでとは違った意味合いで難解だったり、結末が必ずしも明瞭《めいりょう》ではないと思われるかもしれない。しかし、ひとつのアイデアやモチーフをもとに完璧《かんぺき》な短編小説を仕上げることなど、筒井にとっては最早《もはや》どうでもいいことなのだ。それがいくらでも可能であることは過去に何度となく証明してきたのだから。

さて、小説としては最後の収録作「メタパラの七・五人」だが、読んでいくと私の名前が出てくる。エッセイや評論でもないのに収録作中に文庫解説者の名が登場するケースは、かなり珍しいのではなかろうか。それはともかくとしても、この短編の背景については、少し説明が必要だろう。

私は二〇一四年に『あなたは今、この文章を読んでいる。』という奇妙な題名の長編評論を上梓《じょうし》した。副題は「パラフィクションの誕生」である。パラフィクションとは、メタフィクションの対抗もしくは後継となる虚構の形式として私が拵《こしら》えた造語=概念である。同書で私は、前半でメタフィクションの歴史と原理をさまざまな実例を挙げつつ再検討し、そこに孕《はら》まれる諸問題と、その限界を指摘した。そして後半では、そうして炙《あぶ》り出されたメタの「限界」のブレイクスルーとして、パラフィクションというキーワードを用いて小説の新たな形を提案してみた。
私の考えでは、もっとも短いメタフィクションは、

私は今、この文章を書いている

である。
これに対して、もっとも短いパラフィクションは、

あなたは今、この文章を読んでいる

となる。この二つの文章は明確な対照を成している。つまりメタからパラへの移動とは、作者から読者へ、書くことから読むことへの重心と時制の移動である。

そして略称『あな読ん』で、私が議論の出発点に置いたのが、筒井康隆の『虚人たち』(一九八一年)だったのである。私は『あな読ん』の刊行時に筒井氏との公開対談の栄誉に浴し、そしてなんと、その場で筒井氏は「これから十年がかりで長編パラフィクションを書く」と宣言したのだ。実際には、それはもっと早く実現することにな

ったのだが、その前哨戦《ぜんしょうせん》として書かれたと思われるのが「メタパラの七・五人」なのである。

小説の内容は、ともかく読んでもらうのがいいと思うが、「奔馬菌」と同様に、途中から「作者」が前面に現れて饒舌《じょうぜつ》に語り始める（先の「宣言」にも言及される）。この作品は私が『あな読ん』で提示したメタからパラへのプロセスを小説の形でトレースしつつ、同時に紛れもないパラフィクションの困難、その不可能性を露《あら》わにするものになっている。メタとはつまり「作者＝書くこと」の自意識のことである。ならばパラとは「読者＝読むこと」への意識となるわけだが、問題はもちろん、実際にはそれを「作者」が「書くこと」によって醸成しなければならないということである。しかしそうすると、パラはすぐにメタに戻ってしまう。実際、私自身も『あな読ん』の中で「これぞパラフィクション」と言い切れる手法や作品を例示し得たわけではなかったのだ（円城塔の作品にヒントがあるとは書いたが）。だからこそ「メタパラ」での筒井の挑戦には驚かされたし、強い感銘を受けたのだった。だが、この時点では、筒井がまさか「メタパラ」のわずか七ヶ月後に、長編小説『モナドの領域』（二〇一五年）を一挙発表するとは想像さえしていなかった。

「ウクライナ幻想」は、筒井が『イリヤ・ムウロメツ』（一九八五年）を執筆するきっかけのひとつとなった一九七二年のソ連旅行の回想録である。『繁栄の昭和』の最後にも「高清子とその時代」というエッセイが収録されていた。短編集の末尾に小説以外の文章が収録されているのは結構珍しいが、これによって全編がおおらかに閉じられている感じもあり、筒井の名アンソロジストとしてのセンスがここでも光っている。

以上十編、筒井の短編集ではいつものこととはいえ、ひとつとして同傾向の作品がない、ヴァラエティに富んだ一冊となっている。単行本が刊行されたとき、筒井は八十歳だった。驚くべき創造力、生産力といえよう。そして先にも述べたように、本短編集から七ヶ月後に、長編小説『モナドの領域』が発表された。パラフィクションという問いへの筒井からの返答は、GOD＝神を名乗る老人が巻き起こす前代未聞《みもん》の大事件の顚末《てんまつ》であった。発表前に筒井が自身のTwitterアカウントで「わが最高傑作にして、おそらくは最後の長篇」と予告したことがネット上で話題となり、同作が掲載された「新潮」は雑誌には珍しく増刷された。紙数の関係で内容には踏み込めないが、「メタパラ」をはじめとする本書収録作の幾つもと反響し合う要素を持った、文句なしの傑作である。

本稿執筆時のひと月ほど前に、筒井康隆の新たな短編集『ジャックポット』が刊行されている。『モナドの領域』以後、実に一年十一ヶ月ぶりに発表された小説作品

「漸然山脈」や、二〇二〇年二月に五十一歳の若さで亡《な》くなった実子・伸輔氏との「再会」を描いた「川のほとり」など、充実した作品集である。

筒井康隆の短編集はどれを読んでも面白いが、本書の味わいはまた格別である。だがそれは、老いて尚《なお》盛んというのとも、枯淡の境地というのとも違う。この小説家はまったくもって唯一無二《ゆいいつむに》の存在、そう、まさに「小説のGOD」と呼ぶしかないフィクションの荒神《あらがみ》にして正真正銘の怪物なのであり、その厳然たる事実は、この本を繙《ひもと》くことによって鮮やかに証明されることだろう。

＊本解説には拙著『筒井康隆入門』（二〇一七年）の記述をリライト&リコンストラクトした部分が含まれていることをお断りしておきます。

（令和三年三月、思考家）

初出一覧

ペニスに命中　「新潮」二〇一四年一月号
不在　「新潮」二〇一二年三月号
教授の戦利品　「群像」二〇一二年一月号
アニメ的リアリズム　「yomyom」二〇一〇年春号
小説に関する夢十一夜　「文學界」二〇一一年十月号
三字熟語の奇　「文學界」二〇一二年四月号
世界はゴ冗談　「小説新潮」二〇一五年一月号
奔馬菌　「新潮」二〇一四年六月号
メタパラの七・五人　「新潮」二〇一五年三月号
ウクライナ幻想　「文學界」二〇一四年十一月号

この作品は平成二十七年四月新潮社より刊行された。

伊坂幸太郎著　オーデュボンの祈り

卓越したイメージ喚起力、洒脱な会話、気の利いた警句、抑えようのない才気がほとばしる！　伝説のデビュー作、待望の文庫化！

伊坂幸太郎著　ゴールデンスランバー
山本周五郎賞受賞
本屋大賞受賞

俺は犯人じゃない！　首相暗殺の濡れ衣をきせられ、巨大な陰謀に包囲された男。必死の逃走。スリル炸裂超弩級エンタテインメント。

伊坂幸太郎著　ホワイトラビット

銃を持つ男。怯える母子。突入する警察。前代未聞の白兎事件とは。軽やかに、鮮やかに。読み手を魅了する伊坂マジックの最先端！

川上弘美著　パスタマシーンの幽霊

恋する女の準備は様々。丈夫な奥歯に、煎餅の空き箱、不実な男の誘いに喜ばぬ強い心。女たちを振り回す恋の不思議を慈しむ22篇。

川上弘美著　なめらかで熱くて甘苦しくて

それは人生をひととき華やがせ不意に消える。わきたつ生命と戯れながら、恋をし、産み、老いていく女たちの愛すべき人生の物語。

川上弘美著　猫を拾いに

恋人の弟との秘密の時間、こころを色で知る男、誕生会に集うけものと地球外生物……。恋する瞳がひきよせる不思議な世界21話。

松浦理英子著
奇貨
孤独な中年男の心をとらえたのは、レズビアンの親友が追いかけた恋そして友情だった。女と男、女と女の繊細な交歓を描く友愛小説。

蓮實重彥著
伯爵夫人
三島由紀夫賞受賞
瞠目のポルノグラフィーか全体主義への不穏な警告か。戦時下帝都、謎の女性と青年の性と闘争の通過儀礼を描く文学界騒然の問題作。

中島敦著
李陵・山月記
幼時よりの漢学の素養と西欧文学への傾倒が結実した芸術性の高い作品群。中国古典に取材した4編は、夭折した著者の代表作である。

磯﨑憲一郎著
終の住処
芥川賞受賞
二十代の長く続いた恋愛に敗れたあとで付き合いはじめ、三十を過ぎて結婚した男女。小説の無限の可能性に挑む現代文学の頂点。

保坂和志著
ハレルヤ
川端康成文学賞受賞
特別な猫、花ちゃんとの出会いと別れを描く「生きる歓び」「ハレルヤ」。青春時代を振り返る「こことよそ」など傑作短編四編を収録。

石井遊佳著
百年泥
新潮新人賞・芥川賞受賞
百年に一度の南インド、チェンナイの洪水で溢れた泥の中から、人生の悲しい記憶が掻き出され……。多くの選考委員が激賞した傑作。

世《せ》界《かい》はゴ冗《じょう》談《だん》

新潮文庫　つ－4－55

令和三年六月一日発行
令和五年十二月二十五日二刷

著者　筒《つつ》井《い》康《やす》隆《たか》
発行者　佐藤隆信
発行所　株式会社 新潮社
郵便番号　一六二―八七一一
東京都新宿区矢来町七一
電話 編集部(〇三)三二六六―五四四〇
読者係(〇三)三二六六―五一一一
https://www.shinchosha.co.jp

価格はカバーに表示してあります。

乱丁・落丁本は、ご面倒ですが小社読者係宛ご送付ください。送料小社負担にてお取替えいたします。

印刷・大日本印刷株式会社　製本・加藤製本株式会社

ISBN978-4-10-117155-5　C0193